古玩人生

之三 瞞天過海

鬼徒／著

古玩人生之三 瞞天過海

第一章 跌入深淵……005
第二章 地下室的巨石……023
第三章 上乘的雕刻功力……051
第四章 擦石……075
第五章 外表過於完美的原石……101
第六章 高級作偽痕跡……127
第七章 春帶彩……151
第八章 等待佳人……175
第九章 賭石的黃金時間……201
第十章 大賭石……225
【附錄】兩岸主要古玩市場・市集地址……253

第一章

跌入深淵

如果賭石的時候沒有蟒帶，
只要在有松花的地方擦出綠來，就可以收手。
只有那些本身不太好的玉石，俗稱「靠皮綠」，
一個不小心，就會在最沾沾自喜、充滿希望的時候，
讓人跌入深淵、萬劫不復。

只要翡翠原石擦開來，又或者切開來，見綠了，那麼他們這些翡翠商人才會對原石競價，這樣收下的翡翠原料，一來沒有太大的風險，二來還能省去自己不少心思，起碼不用像賈似道和王彪這樣辛辛苦苦地自己去挑翡翠原石了。雖然利潤少一些，但勝在方便。

一旦技癢了，想要賭石的話，他們也還是會自己去賭石的，就像現在的王彪一樣。只不過，要是需求量大，又或者想要穩妥一些的話，他們多半還是會成批量地交易。單獨的賭石，又或者賭單塊原石，如果不是外行人，就是存著賭漲的心思。

中間那兩個年輕人，看起來只比賈似道稍長。這會兒，兩個人商量之後，也考慮到周圍的人的熱情，決定當眾切開來。只要漲了，自然當即出手，可以迅速地回籠資金，繼續賭石。如果垮了，那兩塊原石所花的錢也就打了水漂，正和當初賈似道去騰沖的時候是一樣的打算。

而聽邊上的人講，這兩塊翡翠原石可不便宜，每塊都超過了十萬。想來，這兩位年輕人對於自己的眼力還是比較有信心的。

眾人正瞧著熱鬧呢，他們已經開始擦石了，看那手上的動作，也都還中規中矩。賈似道想，應該也不是新手了。

一旦他們開始動手擦石了，周圍的人也就不再交頭接耳了，都盯著兩個人的動作在看。即便此時還什麼都看不到，卻希望自己可以第一時間看到擦石的結果，這無疑也是賭石的魅力。

在原石沒有解開之前，誰也沒有百分百的把握，能預料到原石內部的情況。雖然擦石對於賈似道來說，是可有可無的事情，如果不是為了裝模作樣，以他的特殊感知能力，壓根兒就沒有必要去擦石。但是，此時的賈似道還是被周圍的人所營造出來的氛圍所感染，心裏也跟著有些緊張起來。

看到身邊的其他人都屏住了呼吸，一臉好奇的樣子，賈似道的臉上忽然微微一笑。或許，只有站在邊上的人，心裏才有著如此多的胡思亂想吧？轉眼再看兩個年輕人擦石，賈似道的心情平靜了很多。

別人或許還有著這樣那樣的期盼，可是賈似道有特殊能力的幫助，如果想要擦漲的話，那還不是手到擒來的事？壓根兒就沒有必要羡慕別人。

但是，此時兩個年輕人擦出來的結果，卻是白茫茫一片。表皮上最容易出綠的地方擦開來之後，竟然看不到綠，實在是讓周圍的人感歎不已。既然遇上了這個已經壞得不能再壞的結果，那就繼續擦吧。但直到他們把整塊翡翠原石的表皮全部擦過了，也沒有絲毫綠色。

翡翠倒是出現了，而且還可以看到是豆種的，水頭卻不好，有些發澀，整塊翡翠的顏色也不對，有點灰，沒什麼綠意，更不要說那種透亮的高綠了。

這樣的結果與眾人心中的預期實在是相差太大。圍觀的人群中，發出一陣此起彼伏的歎息聲。這樣的翡翠料子，別說是十萬了，就是幾千塊，估計都賣不出去。

賈似道注意到，只有像王彪、郝董這樣的商人，看到眼前這樣的狀況，臉上的表情一點變化都沒有，他們對於這樣的場面早已經是司空見慣了。

再看兩位原石的擁有者，他們手中的另外一塊翡翠原石，比起擦開來的那一塊要稍微小一些。表皮的表現，賈似道雖然看得不是很清楚，但估計沒有第一塊好，因為他們肯定會先擦最有希望的那一塊。這時，其中的一個人稍微有些猶豫，正在考慮要不要把第二塊也擦開來。畢竟，第一塊已經徹底虧了，如果這一塊再擦不出綠的話，恐怕這一趟賭石就要血本無歸了。

當然，第二塊原石雖然有風險存在，但如果現在懸崖勒馬，至少還有機會以十萬左右的價格轉手出去。第二塊原石在沒有切石擦石之前，誰也不知道虧盈。就看兩個人的膽魄了，究竟是孤注一擲，還是放手回頭。

至於周圍的人，自然是樂得看熱鬧了，他們巴不得所有的原石都切開了才好。其中就不乏單純想要看切石的人，起哄的也是他們。反正切垮還是切漲，對於他們來說都毫無差別，就是圖個熱鬧。

兩個年輕人這會兒卻湊在一起商量起來，顯然是一個想要繼續擦，另一個則準備收手。不然，也不會是現在這般僵持的局面了。

「二位不如先慢慢考慮一下？」人群中走出一個商人，算不上大腹便便，卻也顯出富態。賈似道還沒問王彪呢，就聽到有人說了一聲：「原來是周大老闆來了啊。」

「能讓我過過手嗎？」看到兩個年輕人猶豫不決，周老闆靠近一步，指了指他們手上的原石。兩位年輕人自然應允，尤其是其中打算收手的那一位，此時更是笑呵呵地把手裏的原石給周老闆遞了過去。

要是周老闆看中了的話，也許他們不用解石，就能把先前虧本的錢給賺回來，如果真能成功的話，自然是皆大歡喜了。

「走，我們也看看去。」王彪拉了賈似道一把。既然有人開了頭，因為來得晚而對這兩塊翡翠原石沒有上過手的圍觀者，自然也紛紛上前察看起來。

周老闆仔細看過之後，不露聲色地把原石遞給了下一位，自己則是站在邊上，皺著眉頭思索著，也不說話。原石的主人著急不已，心裏卻也知道，越是老行家，在現在這樣的時刻，就越別想從他們的表情上看出什麼來。

這塊翡翠原石在眾人的手裏轉了一圈，別看大家都有機會上手察看，但是這先後的順序也是頗有講究的。周老闆自然是把原石先遞給了熟人，看模樣也是商人，隨後，沒轉幾次就到了王彪的手裏。好歹王彪也是北方的大戶，在翡翠市場上還是頗有些人脈的。

王彪看過之後，瞥了身邊的賈似道一眼，便把原石遞給了他。賈似道對其他人歉意地一笑，把原石放在手裏掂了掂，約莫有五六公斤，原石是中規中矩的黃褐色外皮，結晶體還算細膩，松花蟒帶也還比較正常，按理說這樣的表現已經頗為出色了，正是顯綠的徵兆，也難怪兩個年輕人敢於為此花上十幾萬。

但是，仔細打量之下，賈似道的心裏卻有種彆扭的感覺。

一般看翡翠原石，第一步就是判斷這塊原石的場口，這是賭石的第一個要點。對於老手來說，自然不成問題。就像王彪，只要稍微看一下，就足以做出準確的判斷了。但是賈似道哪能記得住那麼多場口啊，他也就是能記得住最出名的那幾個，而且還是關乎原石皮厚皮薄的著名場口。如果是皮薄一些的原石，用特殊能力感知的時候，自然就省了不少力氣。至於那些比較少見的場口，賈似道就只有個大概的印象了。

而眼前這塊翡翠原石，表皮明顯不厚，僅僅就目測的感覺來看，它的外表皮恐怕只比號稱最薄的老後江翡翠原石厚一點點，再從個頭以及外表皮結晶體、裂紋等各個方面分析，應該是新後江玉的特徵。

這樣的表皮，正說明翡翠原石裏的翡翠顏色應該比較好。另外，在蟒帶的邊上還有一小塊比較集中的松花，也能據此判斷出翡翠原石的內部有色。但讓賈似道頗為猶豫的是，新後江玉石最大的缺點就是水與底都比老後江玉差上很多，哪怕是同樣的色彩，在製作成成品拋光之後，光亮程度也會有所不如。

這可能也就是原石的擁有者，到了現在也不敢擦開來看個究竟的原因了。萬一和第一塊翡翠原石一樣，種水不好、顏色也不正的話，實在是浪費了外表皮的良好表現。

看到邊上還有人沒有看過原石，正眼巴巴地盯著自己，賈似道淡淡一笑，用自己的左手微微探測了一下。正如先前所預料的那樣，表皮的確很薄，很快就感知到了翡翠的質地，不過，那感覺不是很通透，可能是有一些雜質的原因，再加上質地是在冰種和豆種之間的，賈似道便準備收手了，下午有可能還要尋找自己中意的翡翠原石，現在能節省一點精神力自然最好。

把翡翠原石轉給邊上的人之後，賈似道站到了王彪身邊。

「怎麼樣？」王彪看著賈似道問了一句，自然是針對剛才的原石問的。一個早上下來，賈似道跟在王彪的身後，兩個人也看中了幾塊開過窗的翡翠原石，但感覺都不是特別好，再加上詢價的時候，貨主開的底價過高，兩個人便琢磨著還是多轉轉，明天再做打算。

現在王彪這麼一問，賈似道自然心領神會，眼前這塊如此外在表現的翡翠原石，讓王彪有些動心了，想要趁沒有切開之前出手。這樣一來，風險是高了，但要是賭對了，利潤也最高。

「表現還不錯。」賈似道答道，「就是不知道裏面的顏色和種水怎麼樣，有點懸。」

「看來小賈你的眼力也不弱啊。」王彪贊了一句。賈似道這樣說，自然是看出了翡翠原石的場口：「最近市場上，像老後江玉石這樣的老東西越來越少了。遇到一塊新後江場口的表現還不錯的原石也不太容易了。」他似乎是自言自語，又似乎是提醒著賈似道，末了，王彪感歎了一句：「這裏可是平洲啊！」要不是在緬甸境內的話，遇上這樣的翡翠原石也的確算是不錯了。

賈似道不好再說什麼，難道他要直接告訴王彪，這原石裏面的表現沒有外面這麼好？反正十來萬對於王彪來說也只是小錢。想了想，賈似道還是提醒了王彪一句：「我看那兩個人，可能會孤注一擲地擦石吧。如果想要保險一些，不妨再等等看，也許……」

賈似道這邊話還沒說完呢，就聽到有人在看過翡翠原石的表皮表現之後，站出來開價了：「二位，如果不準備解開來，現在就想要出手的話，我願意以你們的原價收過來。怎麼樣？」

兩個年輕人有些猶豫，一個是有些漠然，另外一個則是頗為意動。

一旦有商人開始競價了，原先還打算等等看的人也紛紛出手了。一時間，價格竟然在還沒有擦石之前，就漲到了十八萬！幾乎等於兩個年輕人購買兩塊翡翠原石所花的錢了。

兩個人頓時樂了，先前有些漠然的那一位也有些動容了。

而像王彪以及周老闆、郝董這樣的翡翠商人，卻下意識地皺了皺眉頭。賈似道留意到幾個人的神態，心裏暗笑。看來，動心的不止王彪一個人啊。

一番競價下來，已經到了十八萬了，這幾個人卻沒有插手。顯然，被那些蠢蠢欲動的小商販們一攪和，此時插手，會讓那兩個年輕人更加待價而沽，反而不如等他們擦石之後再看看情況。

當然，如果說十八萬的價格讓兩個年輕人欣喜異常、一掃先前的沮喪，那麼，與此同時也助長了他們對於翡翠原石的信心。既然這麼高的價錢都有人出了，他們自然還想再把價錢提高一些。

只不過，這十八萬的價格，似乎已經是眾人在沒有切開翡翠原石之前的底線了，現在這些競價的人，也都是小商人，像王彪、郝董這樣的翡翠行業的大鱷，卻始終沒有開口。

兩位年輕人也明白了現在的處境。當他們中的一位開價二十萬，卻沒有人接應之後，他們也只能選擇自己擦石了。賈似道猜測，十八萬的價格，應該還不足以彌補他們第一塊翡翠原石切垮的損失，只要稍微擦出一些綠來，這塊原石的價格一下子就能突破二十萬了。

那兩個人轉身開始對著原石討論起來，看究竟該從哪裏下手。而邊上的人，因為事先都察看過這塊翡翠原石，自然也紛紛提出了自己的意見，大家的意見還是頗為統一的。

一般來說，翡翠原石如果有蟒，自然是從蟒帶開始擦，如果沒有，則是從有松花的地方開始擦。因為一塊翡翠原石不可能擦開來之後全部都是綠，只有從最容易、最有可能擦出綠的地方開始，才能獲得最大的利潤。不然，一個窗口開出來，要是白花花一片，誰還敢出手啊。

從兩個年輕人出手的魄力，以及收上來的兩塊翡翠原石的表皮表現來看，他們顯然是有著一定的賭石基礎的。他們商量了一下，便從表皮的蟒帶處開始擦起，更何況，那裏還有一團散狀的松花呢。從那裏開始，可以沿著蟒帶一路擦下去。如果賭石的時候沒有蟒帶，只要在有松花的地方擦出綠來就可以收手。只有那些本身不太好的玉石，俗稱「靠皮綠」，一個不小心，就會在最沾沾自喜、充滿希望的時候，讓人跌入深淵、萬劫不復。

看到那兩個年輕人小心翼翼的舉動之後，賈似道聽到身邊的王彪似乎是長長地舒了一口氣。賈似道不禁有些好奇地問道：「怎麼，王大哥是希望出現綠色呢，還是不希望？」

「兩者都有。」王彪倒也老實，他對賈似道一笑：「現在的翡翠行業，玩賭石的人是越來越精明了，想要撿個大漏，實在是不太容易了。」

「那是，新手都會逐漸地歷煉成老手的。」賈似道笑著說，「你總不能指望人家永遠是新手吧？而且，沒有家底的人，要是不能練出自己的眼力，恐怕三兩下就虧空了，也就沒有機會再玩賭石了。」

「那倒也是。」王彪拿出煙，扔給賈似道一根，說道：「連我們這些內行人，都覺得翡翠生意越來越難做了，好的翡翠原料越來越少，就更別提新手了，除非是在前幾次賭石的時候，就能夠賭到好的翡翠，不然很難在這一行混下去啊。」

賈似道聞言，自然也心有感觸。自己要不是依仗著特殊能力，那一次在雲南一開始就賭漲了，他根本就沒有資本再在賭石這一行發展下去。雖說賭石並不注重資金投入多少，多到成百上千萬，小到幾十幾百，都可以購買翡翠原石。但是，從幾十幾百塊的翡翠原石中，想要一舉暴富，機率也就和中彩票差不多了。

賈似道正琢磨著，邊上忽然有人喊了一聲：「見綠了。」那份欣喜一時間感染了圍觀的眾人。

賈似道聞言看去，果然見到擦石的兩個人邊上，已經圍了不少人。有的人說：「二十萬，可不要再繼續擦下去了，萬一把綠擦跑了，可就不值這個價了。」

有的人說：「我出二十一萬，把這塊石頭讓給我吧。」

自然也少不了有人歎息著從人群裏退出來。賈似道正想看看王彪的反應呢，卻發現他早已經到了那塊原石跟前，正在仔細打量。

最後，也許是那兩個年輕人見到已經擦出綠色來了，心中有底了，想要多賺一些，他們拒絕了所有人的開價，準備切石。

這麼一來，圍觀的人立刻又退開一些距離，等兩個人把原石切開來之後再做打算。畢竟，擦漲不算漲，還需要切開來才能下定論。

如果真的切出來之後能夠見漲，那麼即便是多花一些錢，這些商人們也還是願意的。像郝董這樣的商人，就是來為自己的翡翠商行尋購翡翠料子的。只要是開出來的翡翠質地好、水頭足、顏色純正，他們同樣會花大價錢收回去，經過加工再以成品出售，利潤也是非常大的。

就像李詩韻從賈似道手裏收購翡翠明料一樣，目的就是想要節約從翡翠明料到翡翠成品之間的環節成本和被大翡翠商行所賺取的利潤。

而兩個年輕人既然願意徹底解開原石，自然是想要當場換成現金繼續賭石。這裏出手翡翠原料的價格，可比從一般的經營翡翠原料的商人那裏購買要便宜許多。

賈似道準備好好地看看這塊原石切出來之後、眾人看到其中雜質交錯時的表情，王彪卻拉了賈似道一把，說道：「小賈，我準備去下一家鋪子看看，你還要在這邊等結果嗎？」

這一下，賈似道可就好奇了，王彪不是對這塊原石充滿信心的嗎？他問道：「王大哥，你的意思是，不留在這邊看結果了？」

王彪瞥了那邊的郝董以及另外幾個商人一眼，微微一笑：「即便留下來，估計也沒什麼便宜可占了。」

賈似道心裏有點詫異，王彪是不願意和郝董等人互相競價？可是，這對於翡翠商人來說，實在是再正常不過的事情，要是怕競爭，那乾脆就不要做生意了。

也許是看出了賈似道的困惑，王彪哈哈一笑，拉著賈似道就往邊上的翡翠毛料店鋪走去，一邊走一邊悄聲說：「小賈，其實那塊原石一開始我的確很看好，那兩個年輕人擦石的手法也很高明。不過，我看過之後，心裏有底了。那塊原石撐死了就是中檔翡翠，我們沒有必要浪費時間了。」

賈似道心裏愕然，行家一出手，就知有沒有。從王彪的這幾句話來看，他的眼光顯然比郝董那幾個人高。

「怎麼，你不信？」王彪這會兒卻有些不高興了，他對賈似道說：「如果你不信，不如我們賭上一賭？如果那塊原石開出冰種或者冰種以上的質地，而且顏色純正的話，就算我輸了。怎麼樣？」

「賭一塊錢？來不來？」賈似道沒好氣地說了一句，然後兀自走在王彪的前面，拐進了旁邊的店鋪。王彪一愣，接著會心一笑，他心想，賈似道雖然年紀不大，但是眼光也的確夠毒啊。尤其是想起一開始賈似道就勸過他不要急於出手，他更是感慨起來，長江後浪推前浪啊。

王彪苦笑一下，跟在賈似道的後面走進了店鋪。轉了一圈之後，兩個人卻有些失望地從店鋪裏走了出來，裏面根本就沒有什麼看得上眼的翡翠原石。

說起來，這賭石市場裏，要是每天都有人賭到上好翡翠，早就有人把這裏的翡翠原石全部收下，搬回家慢慢解石了。正因為每天都有無數的人前來這裏賭石，表現稍微好一些的翡翠原石基本都被那些老行家給收下了。就好比郝董這樣的商人，每天都在賭石市場上逛蕩，如果真的有表現非常好的翡翠原石，他們會不出手？偶爾有漏網之魚，也都會被其他行家看中，或者貨主故意壓貨，想要待價而沽。

賈似道一圈逛下來，並不是一塊好的翡翠原石都沒有看到，而且他用特殊能力感知過後，也發現了冰種和玻璃種的翡翠原石。但是，賈似道可以看出翡翠原石的好，這些專門經營翡翠毛料的商人也不笨。但凡表現好一些的翡翠原料，價格就往高了開。要是沒有一點資本的人，要被價格嚇死。

王彪看中一塊十公斤左右的半開窗毛料，一問價格，兩百萬，而且店主還死咬這個價格不放，再怎麼講價也只願意降到一百五十萬。賈似道看了看，這塊翡翠原石也不過就是開窗處可以看到綠色，質地為上好的冰種而已。除此之外，表皮的其他表現卻不盡如人意。王彪收下來之後，還需要賭這窗口處的綠色究竟能深入多少，如果深度不夠的話，僅僅是為可以看到的部分花上百萬的價格，實在是有些吃虧。

至於其他翡翠原石，也都是按斤來賣的。這裏可不是那種大批量的原石交易，幾百上千塊錢一公斤的。這裏的價格，可都是上萬元一公斤的。隨便一塊翡翠原石都有十幾公斤，這麼一算價格，都是幾十萬上下了。也難怪賈似道和王彪互相看了一眼，有些愁眉苦臉了。

這時，那邊切石的結果已經出來了。圍觀的眾人在一陣唏噓之後，紛紛散了開來，郝董更是一邊走一邊搖頭，只有幾個小商行的翡翠商人還在圍著兩個年輕人砍價。

那兩個年輕人的臉上顯然寫滿了失望，這時的原石，價值已經非常透明，能值個三五萬就已經很不錯了。兩個人實在是悔不當初，後悔之前有人出價十八萬的時候沒有出手。不過，兩個人也還算比較乾脆，很快就敲定了買賣，拿著三萬來塊錢，轉身進了邊上的另一家店鋪。想來，他們應該還會再拚一把吧？

王彪看到此情此景，不禁搖了搖頭。賈似道問道：「怎麼，有些不忍？這樣的情況，在賭石市場很常見吧？我還輸了一塊錢呢。」

「我只是想起了以前的自己。」王彪說著，隨即聳了聳肩，似乎是在回憶著賭石的驚險和無奈。

要是這兩個年輕人拿著現在手上的三萬塊錢繼續賭垮了，就又會多了兩個在賭石上跌倒、再也爬不起來的年輕人。賭石的魅力，就像賭博一樣，一旦陷進去了，要麼輸光，要麼暴富，真正能回頭的人，實在是少之又少。

別看著現在有些人已經成了行家，但是，誰不是從無數次的賭垮中歷練出來的呢？即便是到了現在，也沒有誰敢保證，自己就一定能賭漲。否則也不會有「神仙難斷寸玉」之說了。

第二章

地下室的巨石

賈似道左手所接觸的正是原石表皮凸起的地方。
按說這樣的地方，要不是翡翠質地直接裸露出來，
就應該是表皮非常厚實的部分。
地下室裏只有一盞白熾燈，想要看清楚不太可能，
賈似道仔細地察看了一番，心裏有了底氣。

「王大哥，我們現在去哪裏啊？繼續在這邊逛，還是回頭把那些看著不錯的原石收下來？」賈似道看了看天色，差不多可以吃午飯了：「不然，我們就先去解決肚子問題吧。」

「也好。」王彪點了點頭。兩個人在賭石市場旁邊隨便找了個小酒樓，吃了一點東西。因為忙了一個上午，他們肚子都有些餓了，吃得很快。賈似道還考慮著，如果下午就去把一大堆的原石賭回來的話，這些原石如何處理？像早上那兩個年輕人一樣當場切開？

這的確是一種解決方法。要是手頭的資金不充裕，切開原石，當場買賣，很快就能回籠資金。但是，賈似道如果連續賭漲的話，難免會引來別人的猜測和覬覦。而且賈似道在平洲待了幾天之後，還需要去揭陽，在揭陽待幾天還不確定。如果翡翠原石直接運回了臨海，卻沒人接貨，也是個麻煩。

要不然，就找阿三幫忙接貨吧？賈似道心裏正琢磨著呢，王彪吃完飯之後，卻並不急著去賭石市場，而是拿出手機，撥打了幾個號碼，賈似道沒注意他說了些什麼。當賈似道回過神來看向王彪的時候，王彪對賈似道笑笑，問道：「小賈，下午你有什麼安排嗎？」

「我能有什麼安排啊，我是第一次來平洲呢。」說完，賈似道還頗有些自嘲地笑了笑。除去賭石市場之外，恐怕賈似道也沒什麼地方可去了，平洲值得旅遊的地方還真不多。

「那不如下午就跟老哥我走一趟，怎麼樣？」王彪說，「你第一次來嘛，沒什麼準備，也是自然的。」

「莫非……」賈似道聞言，忽然眼睛一亮，心裏頓時激動起來。賭石市場上的原石被挑剩下來的，除非是那種表皮表現不夠好、內在卻很好的原石，不然，賈似道想要以便宜的價格撿漏，不是容易的事。玩賭石的，從老闆到客戶，沒人是傻子。好東西早就被人收了，又或者壓著貨呢。

當賈似道看到王彪那善意的微笑時，在賭石市場上的鬱悶一下就煙消雲散了。就像在雲南他跟著劉宇飛去周老闆的倉庫裏看大批量毛料一樣，不都講究有個線人嘛，像王彪這樣的大商人，如果說在平洲這樣的翡翠毛料集散地沒有一個線人，就是打死賈似道，他也不會相信。

「呵呵，我們就坐在這裏稍等一下吧。」王彪看到賈似道興奮的神情，淡淡地說：「再叫一瓶酒？」

「還是算了吧。」賈似道在臨海就知道王彪的酒量不是他所能匹敵的，真要放開了喝，賈似道估計中午就要醉倒在這裏了。

看到賈似道避之唯恐不及的樣子，王彪呵呵一笑，也不提喝酒的事了。不一會兒，邊上走過來一個穿著樸素、看上去像是個小販的中年人。他看到王彪之後，眼睛一亮，來到王彪面前，低聲說了一句什麼。

王彪對賈似道一招手，兩個人便跟著來人出了酒樓。七拐八拐地走了十來分鐘，三個人來到了一處不起眼的平房前。中年人敲了敲房門，裏面走出來一個人打開門，看到是那個中年人，又看了王彪和賈似道一眼，點了點頭，就讓三個人進去。

賈似道這才開始打量起屋裏的環境，和普通的家庭沒有什麼兩樣，沒有看到翡翠原石。賈似道心裏正嘀咕著，房主便領著三個人進到了裏面的一個很空的小房間，房間頂上還沒有裝電燈。這個房間處於整套房子的中間，三面牆壁上沒有窗戶，唯一能採光的就是一扇門了。只要外面的客廳不開燈，哪怕是白天，這個房間裏也很暗。

房主說了一聲「稍等」，就轉身出去了。

賈似道的眼睛適應了房間裏的光線之後，看到房間的中央擺著一張長方形的桌子，上面放著一盞檯燈，還有一些小工具，應該是放大鏡、手電筒之類的，在桌子的邊上有幾把椅子。王彪和那個做線人的中年人也不客氣，很自然地坐了下來。中年人伸出手打開了檯燈，整個房間一下子亮起來。

檯燈比不得頂燈，只能照到大部分的桌面。賈似道覺得這道燈光似乎有些異樣，他又仔細看了看檯燈，才知道上面裝的燈泡不是白熾燈，微微地帶些顏色，只是不太明顯，賈似道也拉過一把椅子坐了下來。

見到桌子上擺著察看翡翠原石的工具之後，賈似道的心裏就明白了，這和鬼市上的看貨有些類似。

不管是不是懂行的人都知道，在燈下看貨，翡翠的顏色會有些偏差。其實不要說翡翠了，就是其他的東西，被有色光這麼一照，也會顯現出不同於本色的效果來。提供這樣的交易場所，自然是對賣家有利了。不過，看到王彪輕鬆自在的表情，賈似道也明白，這應該就是一般的交易環境了。大家都這麼做，慢慢地也就形成了不成文的規矩。

說到底，哪怕是上門看貨，也還是需要考驗眼力的。只要自己的本領過硬，哪怕環境再怎麼變，只要是好的翡翠原石，依然可以把它們給挑選出來。

也許是看到賈似道有些好奇地打量著檯燈的燈泡，王彪便對賈似道解釋了一下。果然像賈似道所猜測的那樣，看貨的時候，賣家提供的檯燈都是這樣的。王彪從自己的口袋裏掏出了強光手電筒，示意了一下，說：

「如果你對這裏的工具不放心，可以用自己帶來的工具。」

這也是既定的規矩，畢竟很多看貨的人都習慣使用自己用順手了的工具。

賈似道摸了摸自己口袋裏的放大鏡以及強光手電筒，對王彪點了點頭。只要對自己的特殊能力沒有影響，他對於在什麼樣的環境裏看翡翠原石倒是一點兒都不介意。

沒等多久，房間的木門再次被推開，房主和另外一個年輕男子一起抬著一個籮筐走了進來。不等房主自己搬，賈似道、王彪以及線人趕緊上前，幫忙把籮筐裏的翡翠原石全部搬到了桌子上。這些翡翠原石都不大，大多在五到十五公斤之間，一共有七塊，三塊開了窗口，四塊是全賭的。

等原石擺放妥當之後，房主便向三個人介紹他身邊的年輕男子：「這位是我弟弟，老湯也認識的。」

王彪看了看線人，也就是房主嘴裏的老湯，老湯點了點頭。一般來說，看貨的時候，無關的人是不能在場的，不管是賣家還是買家都一樣。

賣家這一方面，王彪事先沒有多少瞭解。老湯只說是自己的熟人，王彪便答應下來了。這會兒見到老湯也沒有什麼異議，王彪和賈似道對視了一眼，準備看貨。

為了表示對王彪的感謝，賈似道自然是請王彪先看了。這點規矩，賈似道還是懂的。無論怎麼說，這是王彪自己的線人搭的關係，賈似道不過是跟過來的。

王彪開始仔細察看起來，先從全賭毛料開始。房主和他的弟弟以及老湯則在邊上等著，輕聲地聊著天。賈似道一聽，臉上微微一笑。原來房主正在問老湯，這一回來的兩個人身家如何。老湯只是和王彪相熟，自然拍著胸口保證資金絕對不會有問題。

聽到這話，房主的神情顯然鄭重起來，似乎在下什麼決心一樣，倒是讓賈似道頗為好奇。難道對方以為王彪的身家豐厚，想要抬高價格？不過，只要不是初次賭石的愣頭青，越是有錢的人，在賭石上就越小心。如果房主想要借此抬價的話，恐怕會得不償失吧。

等王彪看過一塊原石，要接著看下一塊的時候，賈似道便興致勃勃地去拿起王彪放下的那塊原石。他先是仔細地打量原石表面，放大鏡、強光手電筒，該有的程序和步驟，他一點都沒有落下。來到平洲這一段時間，賈似道覺得如果一直只用特殊能力的話，方便倒是方便了，但對於想要長期賭石的他來說，沒有什麼太大的幫助。於是，他就先看原石表面，猜測原石內部的情況，再用特殊能力來佐證，以此來提高自己賭石的眼力，倒也學得樂此不疲。

第一塊原石，王彪看得比較仔細，而且其表皮的椒鹽白、散落的松花，更是讓這塊原石身價不低，賈似道也猜測其內部表現應該不錯，但是用特殊能力感知之後，賈似道心裏卻是一歎。「十賭九輸」果然是有道理的，如此表現的翡翠原石，竟然只是靠皮部分有一些質地不錯的翡翠，而其內在絕大部分卻是翡翠和石質交雜。

這多少讓賈似道有些失望。如果花了高價錢買回去，擦石之後轉手，倒是能賺一筆。但是，正所謂人心不足蛇吞象，恐怕在擦石之後，看到那麼良好的表現，也會像早上的那兩個年輕人一樣，經受不住誘惑而選擇切石吧？期望越高，失望越大，恐怕說的就是這樣的原石了。

放下這塊原石，賈似道拿起另外一塊，這塊外皮表現一般，內部的質地也一般。第三塊原石，王彪只是看了幾眼就放了下來，賈似道琢磨著，要不是這塊原石表現太好，就是表現太差。因為在賣家的面前看貨，王彪這樣的老手都會玩點小花樣，以擾亂賣家對於他想買哪塊原石的真實意圖的判斷，以便在接下來的砍價中能占得一些先機。

不過賈似道撿起來一看，就知道是後者了。這塊原石有五六公斤，灰黑色的粗砂外皮上沒有蟒帶，雖然有松花，卻很稀少、很淡，簡直就是一無是處，不過應該是屬於老坑區的翡翠原石。

雖然是來自哪個場口的，賈似道還不是很清楚，但是老坑翡翠一般都容易出高綠、種好的翡翠。賈似道不禁對手上的原石又產生了希望，用自己的特殊能力感應了一下。

賈似道的腦海裏突然顯現出一副通透的景象，即便和家裏收藏著的玻璃種帝王綠翡翠還有些差距，但也是上佳的冰種，已經非常難得了，尤其是通透的區域幾乎把只比拳頭大一些的原石給占滿了，是比較粗的帶狀，這可不就是最合適製作手鐲的料子嘛。

賈似道心裏一喜，唯一需要考慮的，就是這塊翡翠的顏色了。這不是賈似道的特殊能力能夠感知出來的，他仔細地用放大鏡察看原石表面，那些稀少的松花雖然不成氣候，但是整體形態結合內部的表現，他看出了脈狀的感覺。

賈似道下意識地掂了掂手裏的原石，注意到邊上的老湯和房主注視著他的目光，才訕訕地把原石放回了桌上。王彪看第四塊全賭毛料的時候，看得頗為仔細，這時才放下了第四塊原石，賈似道便順勢拿了過來。

王彪先從全賭毛料開始察看，還按照從大到小的順序。這樣一來，不管是線人老湯還是房主，都搞不清王彪看上哪一塊了。

當賈似道手裏掂起第四塊原石時，因為是王彪看了很久的一塊原石，他不禁也多留了一個心眼兒。原石有兩三公斤左右，原石表皮的表現的確很不錯，和第一塊有些類似，也是老坑種的，上面有著明顯的蟒帶，讓人一眼看上去就會心存希望。唯一的遺憾，就是塊頭小了一些。

至於其中的質地，賈似道看下來，也不敢下什麼結論。他用特殊能力感應了一下，這一塊原石的內部倒真是冰種的質地，但比起第三塊卻稍微遜色。

當然，一塊翡翠的價值如何，質地只不過是其中比較重要的一個方面，要是顏色不對的話，價格差別還是很大的。

賈似道不動聲色地放下手頭的原石，再看剩下的三塊半開窗原石，體積都比全賭毛料大一些。開窗的部位也選擇得非常恰當，如果單從開窗出來的那一小部分來看，光是這三塊翡翠原石，就已經是價值不菲了。其中有一塊竟然還在開窗部分的另一端，有過擦石的痕跡，隱隱地透出一絲綠意，更是讓人心動。

王彪放下開窗原石，與賈似道對視了一眼，臉上不禁有些無奈。給這三塊翡翠原石開窗的是高手啊，幾乎把原石上最容易出綠的地方都給開了出來，更為難能可貴的是，竟然都現出綠色了。

這樣一來，有著這麼好表現的原石，要是王彪還價低了也不合適，因此王彪顯得頗為猶豫。如果說他不動心，那是假話，想要了吧，卻又擔心賣家抬價。

賈似道看到如此情景，自然明白了王彪的心思，便對房主問道：「這裏就這幾塊原石嗎，還有其他的嗎？」

「其他的？」滿以為賈似道和王彪會直接出價的房主一聽此言，微微有些驚訝，隨即就恢復過來。

房主說：「其他的倒是有。不過，這幾塊，難道二位都看不上？要知道，這幾塊可是我這裏表現最好的原石了，尤其是這三塊開了窗的……」

「這個我們知道。」

王彪接口道，似乎是有意不讓房主把下面的話說出來：「不過，這樣的原石，價格自然高一些，對我們來說不太划算啊。」

這是實話，如果真的不考慮價格的話，即便是在賭石市場上也還是有不少好東西的。房主作為本地人當然明白，他們手頭的翡翠原石，也大多都是從賭石市場上來的，不過是搶佔了先機罷了，又或者有親戚朋友是做翡翠毛料生意的，從中挑了幾塊，然後壓貨，以待高價出手。真要讓他們去雲南、甚至緬甸那邊拿貨，也不太現實。

至於那些家裏很久以前就存下來的翡翠原石，到了現在，大多都已經出手

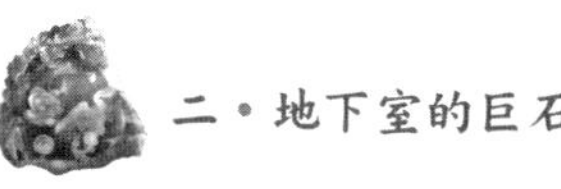

了。真正祖傳下來的，畢竟是很少數。

「如果二位看著這幾塊原石有中意的，不如我們先談談價格。」

房主聽了王彪的話之後，對兩個人說：「只要價錢出得公道，我也是吃這一碗飯的人，當然也想做成這筆生意……」

說完他還看了老湯一眼，似乎是在問，不是說前來看貨的人是行家嗎？怎麼就看不上這些表現非常出色的原石呢？

王彪不禁有些訕訕地笑了笑，說道：「既然如此，那我就不客氣了。這樣吧，這塊，這塊，還有這塊……」

王彪指了指桌上的兩塊全賭毛料，就是第一塊和第四塊，這兩塊的表皮表現頗為相近，而另外兩塊半賭的毛料，賈似道還沒有看，就不知道其內部成色了。

房主流露出有些佩服的神情，看來王彪挑選的，還真是其中最好的四塊。至少，從表面來看是最好的。

「一共多少錢？」王彪問道。

「五百萬。」房主二話不說，直接開價。這個時候，可就是真刀真槍地砍價了，氣氛也沒有了先前的平和。

「這價格有點高了。」王彪不疾不徐地說，「這四塊原石加起來，也沒有五十公斤……」這話的意思就是原石比較小，這十萬塊錢一公斤的價格，實在是太高了。

「這不是有兩塊明料嘛。」房主還沒有說話，他的弟弟倒是嘀咕了一句。

房主聞言，拉了他一把，說道：「他是外行人，不懂事，大家別介意。不過，這話說的也對，您是行家，心裏自然清楚，半開窗的原石，即便是放在市場上，沒個十來萬一公斤也是拿不下來的。」

「你自己也說了，這只是半開窗的毛料，還是有很高的賭性的，和完全切開的明料可不同。這十萬塊錢的價格，還是貴了一點。而且，這邊的兩塊，可都是全賭毛料。」

「那這樣吧，四塊原石，每塊一百萬，一共四百萬，怎麼樣？可不能再少了，這已經是非常低的價格了。」房主猶豫了一下說。

「一百萬一塊啊……」

王彪琢磨了一會兒，似乎是在考驗著房主的耐心，也在心裏快速地計算著價格合不合適，過了一分鐘才說道：「就這兩塊原石，兩百萬，我要了。至於另外的兩塊，我給八十萬塊錢，怎麼樣？」

「兩塊開窗的原石兩百萬，還說得過去。」

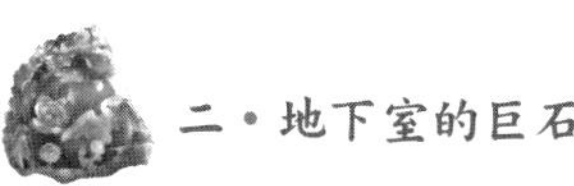

房主說：「不過，這邊的兩塊，只給八十萬，是不是太少了一點啊？」

「八十萬就已經不少了。這兩塊原石顯然是來自同一個地方的，看著挺對，但是賭性實在太大。」王彪說道。

「兩塊加在一起，一百五十萬。」房主咬著價格不放。

「不行就算了，我暫時就要這邊的兩塊好了。這兩塊全賭毛料，風險實在太大，價格也有些高，我不好出手。」

王彪忽然轉身看了看賈似道，說道：「你可以問一下小賈。」

到了這會兒，房主、老湯和賈似道都已經明白過來，王彪最初看中的，就是兩塊開窗的原石，至於全賭的那兩塊原石，不過是因為表現良好，被王彪拿出來分散房主的注意力的。要是王彪一開始就只要兩塊開窗毛料，要想用兩百萬的價格拿下來，恐怕要很費一番口舌吧？

「行，那就成交吧。」房主贊了一句。王彪也不在意，只要價格敲定了，就沒有反悔的餘地了。

賭石這一行，講究的是口碑。要是敗了名聲，以後要是再想在這一行混就難了。像老湯這樣的線人，更多是充當中間人的角色，會根據貨源的檔次、老闆的信譽來介紹相應檔次的買家。說白了，就是帶什麼樣的人，去看什麼樣的貨。像王彪這樣的老客戶，自然是他們優先照顧的。

等王彪把成交了的兩塊原石搬到了邊上，賈似道再次仔細察看起剩下的原石來，這也是不成文的規矩，只要賈似道有出手的意思，哪怕看得久一點，也是無所謂的。

賈似道最先察看的，也是那塊半開窗的翡翠原石。窗口很小，用強光手電筒也不能看得太深入，只是開窗部分呈現出一抹亮麗的綠色。不過，既然是王彪挑剩下的，自然有其原因。賈似道仔細一看，就能看出綠色有些暈散，這可不是什麼好兆頭。尤其需要注意的是，沒有開窗部分的表皮，表現實在是有些怪異。

原石表皮的表現不好也不壞，才讓賈似道覺得這塊原石有點雞肋的感覺。如果說裏面能出高綠吧，外皮上還真有這樣的感覺，但如果說一定就能出高綠，表皮上的松花卻又和一般的翡翠原石有所區別，讓人看著心裏有點懸。

也難怪王彪沒有出手了。對於他這樣的商人而言，已經過了那種「大賭」的階段。尤其在買了賈似道的五千萬翡翠原料之後，他手頭有些緊，又有緊接著要舉行的翡翠公盤，王彪目前勢必求穩。

哪怕那兩塊全賭毛料表皮的表現非常搶眼，王彪也硬是狠下心來沒有出手。賈似道完全可以從王彪的舉動中推測出這些想法來。當然，或許王彪想要留一部分原石給賈似道上手，賣給賈似道一份人情。怎麼說，也是他帶賈似道來的，總不能讓賈似道在他挑選之後一無所獲吧？

不過，賈似道還是覺得，對於王彪這樣的商人而言，後面一種情況實在是不太可能。擺明了有得賺的時候，誰會錯過呢。

賈似道心裏暗笑，在沒有搞明白眼前這塊原石的真實情況時，當然不能草率出手。他把注意力集中到了左手上，感應了一下，發現原石內部的翡翠質地，還真如自己所預料的那樣，一大半都是冰種質地，但是有小半部分是豆種的以及介於冰種和豆種之間的冰豆種，整體說起來，也算是不錯的。比起剩下的那四塊全賭毛料來，頗有可取之處。

只是這樣的原石開過窗之後，尤其是在窗口部分可以看到綠，其價格就成為賈似道能不能收上來的最關鍵因素了。想到王彪先前砍價的策略，賈似道頓時胸有成竹了，他臉上淡然一笑，又裝模作樣地看完了其他四塊翡翠原石之後，才對房主說：「如果價格合適的話，我就要這四塊原石吧。」

說著，他指了指開窗的毛料，以及王彪指過的兩塊全賭毛料，再加上第三塊表現得中規中矩的灰黑色粗砂皮毛料。

房主的眉頭不禁一皺，心裏琢磨著，莫非這個小賈又要玩一把和王彪類似的把戲？剛才那一番砍價下來，他已經吃了一個啞巴虧了。於是，房主對賈似道開價道：「開窗的這塊一百萬，另外的三塊每塊八十萬。」

「這樣不妥吧？」

賈似道淡淡地笑著說：「雖然王大哥以一百萬一塊的價格買了兩塊半賭毛料，但是我們現在說的這一塊，可是他挑剩下來的。這塊原石的表現怎麼樣，大家都心知肚明，要是再要價一百萬，豈不是看低了王大哥的眼力？」

「這個……」賈似道當著王彪的面說這話，房主一時也不好回答，總不能說自己先前的交易吃虧了吧？

「這樣吧，這塊開窗部分的表現，雖然沒有王大哥買走的那兩塊好，但好歹也是開了窗的，賭性自然是小了一些，就五十萬吧。」

賈似道說，他還看了邊上的王彪一眼，見對方正對著他微笑。賈似道也不介意，反正這時候把價格壓下來才是正事，以他的名義壓價，也算是正常手段。

「五十萬太低了。」房主說，「這塊原石可不小。」

賈似道心想，要不是看在這塊原石還算大的份上，他壓根兒就不會出五十萬的價格呢：「那這邊全賭的三塊怎麼算？總不會還是按照大小來算吧？」

「其實這些也可以按照大小來算的。」房主見賈似道示弱，當即猛追了一句。

在房主看來，賈似道挑中的三塊原石自然是最大的那塊表皮表現最好，只要抓住了重量這一點，在砍價中他自然能採取更多主動。

「按照大小來算也成，你就說多少錢一公斤吧。」

賈似道說：「市場上開窗的明料，也不過是十萬而已，這三塊沒開窗的，五萬塊一公斤，怎麼樣？」

「五萬塊？那可是市場上的價格。我這幾塊，外皮的表現可比市場上的好多了。不說十萬吧，八萬塊還是要的。」房主說到這裏，頗有些得意。

賈似道心裏估算了一下，最大的那塊全賭原石，也就是王彪看的第一塊原石，也需要近百萬的價格，而剩下來的那兩塊小的加起來，有十公斤左右，也就是七八十萬。

「八萬還是貴了一點，六萬吧。」賈似道心裏已經打定了主意，嘴上卻不放鬆，而且他還有意無意地對最大的那塊全賭原石不時瞟上一眼。

這個情形，房主自然是看在眼裏，討價還價也屬正常，他略微考慮了一下，說道：「我們是頭回生意，那我就再讓一點，七萬五吧。這個價格，對於我這裏的原石來說，已經是非常低了。老湯知道，他跟我說來的是老客戶，我也沒有拿那些廢料出來忽悠你們。」

這時老湯也點了點頭。賈似道也不猶豫，正好找到了台階，他說：「這樣的話，我身上的資金可能還有點不夠。這樣吧，小的兩塊就按你說的七萬五每公斤成交，大的這塊，還是下次再說吧。」

房東聞言，心裏頓時一緊。這塊大的原石竟然被賈似道和王彪同時放棄了，莫非不是真的有什麼問題吧？

他經營翡翠原石這麼長時間了，當然不會相信翡翠商人們嘴上說的理由，什麼資金不足、下次再說之類的，全都是扯淡。如果真的看中了的話，是絕不會放過的。

房主心裏正困惑著，又聽賈似道說：「這塊開窗的，老實說，我也就出五十萬，如果老闆你不鬆口的話，那就算了。」

「五十萬？」房主心裏掙扎了一下。他看到賈似道的神情很堅定，又經過剛才兩次砍價的失利，想了想，從賈似道這邊恐怕也占不到便宜了，只能鬆口道：「行，五十萬就五十萬吧。」

房主讓他的弟弟找來秤，把賈似道要的兩塊全賭原石稱了一下，共八十萬，加上開窗的那塊五十萬，一共一百三十萬。

賈似道和王彪都不多說，當即錢貨兩清。王彪正準備給老湯仲介費呢，沒想到賈似道輕輕拉了他一把，轉頭對房主問道：「老闆，剛才你不是說還有些貨嗎？我們今天好不容易來一趟，不如讓我們再看看？」

「對啊，要是小賈不說，我還真忘了。」王彪聞言眼睛一亮，也說道：「如果有貨的話，只要表現好，價格不是問題。」也許是剛才的交易中，王彪自覺占了不小的便宜，這會兒說起話來大方了不少。

「行，既然兩位有興趣，那我就帶你們去看看。」房主看了看老湯，見老湯點了點頭，便接著說：「不過，我可事先說好了，那兩塊原石，如果你們看中了，每塊兩千萬，一分都不能少，我是不會鬆口的。」

兩千萬一塊？而且還是兩塊翡翠原石。

賈似道和王彪相互看了一眼，心裏頓時升起疑問，這麼高價格的翡翠原石，即便在賭石市場上也是少見啊。這不比那些表現非常好、又開了窗的明料原石，要是明料的話，直接賣給本地的翡翠商行，遠比賣給賈似道和王彪這樣的外地商人賺得多。哪怕平洲沒有人吃得下，也可以賣到廣州、揭陽那邊去。

一時間，兩個人心裏有些欣喜和期望，賈似道馬上就坐了下來，耐心等待房主把原石搬過來。卻不料房主一副高深莫測的樣子，小聲地說：「這一回，我們直接去地下室看。真要搬過來，可要費不少力氣。我相信，這兩塊原石會讓你們大吃一驚的！」

賈似道和王彪以及線人老湯，在房主和他弟弟的帶領下，來到了地下室。在這裏他會碰到什麼樣的翡翠呢，一想到「寶藏」正等待著他的發掘，賈似道就覺得無比興奮。

地下室的入口比較隱蔽，竟然是在房主的臥室裏，也不知道最初建造這棟房子的時候，房主是不是就已經做好了如此規劃。

在入口處開了燈之後，賈似道才算看清楚了裏面的情況，這是一個一百平方米左右的空間，有兩米多高，只有一個出入口，也只有一盞燈。好在不是檯燈，是普通的白熾燈，想來房主很少帶人來地下室裏看貨。

賈似道發現角落裏堆放著不少的翡翠原石，大大小小都有。在入口的正對面，擺放著兩塊巨石，不過也比不上賈似道家裏的那一塊，粗略估計應該有兩三百公斤左右。稍大的一塊是白沙皮，稍小的一塊則是黑色表皮，上面有些斑駁的痕跡。

即便不用房主介紹，賈似道和王彪心裏都明白，眼前這兩塊就是房主想要出手的原石了。為了表示對王彪的尊重，賈似道做了一個「請」的手勢，自己則蹲到了地下室的角落裏，察看其他原石。

很顯然，這間房的主人是個懂賭石的人。從眼前這些原石表皮的情況來看，先前賈似道所見到的那七塊翡翠原石，是屬於比較好的檔次。這個角落裏堆放著的，則是各種各樣的都有，不乏開過窗的，只不過開窗後的原石顏色、質地都表現得不太好罷了。賈似道猜想，可能是老湯說了王彪想要好貨，所以房主才沒有拿這些低檔的原石上去。

「小賈，莫非你對這裏的原石也有興趣？」房主湊到賈似道的身邊，小聲問了一句：「這邊的原石，價格相對要低一些。如果你看得上的話，儘管和我說。」

「我先看看吧。」賈似道應了一句，對房主笑道：「老闆的生意做得挺大啊。」要不是專門經營翡翠毛料生意的話，恐怕也不會在家中囤放如此多的原石了。

「呵呵，哪裏啊。和你們比起來，我這樣的也就算是小打小鬧而已。」房主謙虛地說。

賈似道聽了也不當真，如果家中偶爾有一塊上千萬的翡翠原石，還可以說是運氣的話，那這位房東接二連三地拿出高檔翡翠原石來，就絕不是小打小鬧了。

看到賈似道正在專注地看著翡翠原石，房主也不敢過多打攪。正因為懂行，顧忌的事情也更多了。房主生怕打擾了賈似道，犯了他的什麼忌諱。如果引起賈似道的不滿，那可就得不償失了。

房主的注意力轉回到王彪身上，賈似道則專門找一些表面看著還不錯的翡翠原石，用自己的特殊能力感知一下。看著這些毛料原石裏偶爾有幾塊冰豆種、芙蓉種之類的翡翠，雖然不是很大，但賈似道的心裏卻也微微有些欣喜。

只是，看著這些原石表皮的良好表現，賈似道卻又有些猶豫起來。對於一個懂行的老闆來說，想要從他們手裏把表現良好的原石收過來，勢必需要花費不菲的價錢。倒是其中有一塊十來公斤的原石，賈似道感覺應該是豆種翡翠，雖然價值不高，但是因為表皮的表現實在是一塌糊塗，估計應該可以用很低的價格拿下來。

賈似道便對這塊原石多留了一個心眼，把它放到了一邊。另外，他還撿了三塊表皮表現不錯、內部也不錯的原石，心想要是價格合適的話，倒是可以都收下來。除此之外，在這一堆翡翠原石裏就沒有別的驚喜了。

賈似道在收翡翠原石的時候，只能把價格控制在顏色不太好、水頭也一般的那個檔次，一旦超越這個檔次的價格，對於賈似道來說，賭石同樣有著很高的賭性！

這也就是賈似道即便有特殊能力的幫助、能清楚感知到翡翠的質地，他也不敢貿然出高價的原因了，很大程度上還是擔心自己虧損。

王彪已經看完了那兩塊原石，賈似道走過去，看了看王彪的臉色，他還有些猶豫不決。賈似道不禁問了一句：「王大哥，怎麼樣？」

「不好說。」王彪搖了搖頭，「黑皮的那塊就不說了。這塊白沙皮的原石，表現還稍微好一些，場口沒什麼問題，表皮的蟒帶、松花也比較清晰，就是這兩千萬的價格，實在是有點偏高。」

反正這兩塊原石事先已經開好了價格，王彪對於自己想要哪一塊的意圖，這個時候也沒有什麼好隱瞞的，便很直接地說了出來。要不是這樣，賈似道也不會當著房主的面問了。

「怎麼會高呢？」房主接了一句，「這塊白沙皮的原石，單說表現的話，是我這裏所有原石中最好的一塊了。」

「雖然原石的外在表現比較好，但賭性還是很大的。」王彪吹毛求疵地說，「你看，尤其是這一邊，這蟒帶的走勢有點不太妙啊，明顯是明顯，但是這時而濃重時而單薄的表現，讓人比較擔心。而且雖然是白沙皮的，但比起一般小塊的原石來，這一塊的表皮有些厚了。」

「如果按照這塊原石的個頭來看，這表皮也算不上厚吧？」房主和王彪針鋒相對起來。這會兒只要誰落入了下風，那在接下來的價格談判中就處於劣勢，所以兩個人可是一點兒都不馬虎。

賈似道看著，不禁苦笑著搖了搖頭。好在王彪的意圖很明顯，賈似道就不用去看白沙皮的那塊原石了。別看王彪現在盡說這塊原石的缺點，但是肯定已經是頗為心動了。

房主老闆也正是看準了這一點，所以才會咬死兩千萬的價格不鬆口。兩個人就這樣僵持了下來。

賈似道走向黑皮的那塊原石，蹲下來，先仔細地用放大鏡看了看，感覺比較一般，表皮頗為粗糙，而且顯而易見，這塊原石的外表皮比較厚。房主雖然說了這兩塊原石都要兩千萬，但真要交易的話，黑皮的這一塊價格肯定會低許多。

賈似道用強光手電筒照了照，幾乎看不到原石內部的任何景象。強光手電筒的作用，在察看翡翠原石的時候，還是頗為重要的。就像邊上的那塊白沙皮原石，只要找準表皮薄一些的地方，哪怕還有石質的覆蓋，在強光手電筒的穿透之下，老行家們也還是能看到一些內部的顏色或者是有沒有裂痕。雖然很淺，卻有助於看石的人做出一個比較客觀的判斷。

但是，眼前這塊黑色原石，表皮的厚度實在是超出了一般的情況，賈似道繞著整塊原石看了一圈，也沒有發現可以下手的地方。

不過，皮如此厚的原石，如果其中真的含有翡翠的話，出現高綠的機率也比較高，賈似道深吸了一口氣，看來他要運用特殊能力給這塊兩百公斤的原石做一次深入的探測了。

賈似道的左手緩緩伸出，接觸到原石表面的時候，用手指搓了搓，以求貼得更緊密一些，他發現了一些端倪。

他心裏暗想：「難道這回自己真的看走眼了？」不光是自己看走眼了，王彪也同樣看走眼了。

原來眼前這塊黑色表皮的原石，並不是賈似道先前所看到的那樣，整塊表皮都是厚的，而是由於原石的表皮是黑色的，大部分地方又表現得極為厚實，更為特殊的是，整塊原石的表皮有些凹凸不平，粗看之下，自然而然地就會認為整塊原石都是皮厚的了。

但是，在賈似道左手接觸的部分，當賈似道用手指輕輕地搓了搓之後，卻可以感覺到一絲細膩。不同於粗糙的原石表皮，這種細膩無疑是翡翠的質地。

賈似道不再猶豫，湊近了去看，在他左手接觸的地方，正是原石表皮一塊比較凸起的地方。按說這樣的地方，要不是翡翠質地直接裸露出來，就應該是表皮非常厚實的部分。整個地下室裏只有一盞白熾燈，想要看清楚不太可能，賈似道便打開了強光手電筒，仔細地察看了一番，心裏有了底氣。

因為找準了部位，賈似道可以大致判斷出，這塊原石裏的翡翠水頭，應該是比較足的。

另外，在這一小區域往內部察看了之後，竟然可以隱約地透出一些霧來。

第三章

上乘的雕刻功力

賈似道把翡翠舉到眼前，對著燈光一看，
那密密麻麻的草芯子，如同漫天的大雪一樣。
簡單幾刀，勾勒出山石、樹木、小徑，以及林沖身影。
要不是這塊翡翠水頭足、透明度高的話，
恐怕還體現不出雪夜裏的蕭瑟之景吧？
也難怪王彪要感歎變廢為寶了。

要知道，在察看翡翠原石的時候，會看霧，是老行家才有的眼力。一般的新人，不要說看霧了，就是翡翠表皮的蟒帶、松花恐怕都看不出來。

賈似道則是因為有了特殊能力的幫助，覺得蟒帶只能協助判斷翡翠質地的特點，這方面只要稍微學習一下就可以了。但是出現霧的地方，容易出現豔色，所以他對於看霧頗為上心。

這個時候，再回過頭來看整塊原石那厚厚表皮上偶爾出現的一些松花，即便頗為鬆散，此刻在賈似道的眼裏也是越看越歡喜了。當然，最大的原因還是剛才那一小處霧裏所看到的顏色，竟然帶有一些紫色的感覺，雖然還不能十分確定，但賈似道覺得應該八九不離十了。

表皮是黑色，並且斑駁不堪，內部的翡翠為紫色。即便稍微有些窗口，不仔細看的話，也會忽略過去。如果不是賈似道運氣好，再加上左手探測的地方剛好接觸到原石表皮最薄的部分，他也不會有如此發現了。

賈似道的腦海裏情不自禁地浮現出前幾天他在翡翠論壇上下載來的幾張紫色的玲瓏剔透的翡翠耳釘、胸針照片，越發覺得眼前這塊原石可愛。誰能想到，這麼一塊醜陋的石頭裏，竟然是讓人欣喜的紫色翡翠呢？

好不容易判斷出了顏色，賈似道自然不會忘記用自己的特殊能力去察看這塊原石地的質地。他心想，只要達到了冰種的程度，哪怕是稍微差一點的冰豆種，他也決定要把原石給收下來。

不過再一次出乎了賈似道的意料，竟然是玻璃種！

再加上剛才判斷出來的水頭比較足以及顏色是紫色，賈似道不自覺地感到眼前一亮。整塊原石一端大部分都是玻璃種，直到有三分之一處，才開始出現玻璃種和冰種夾雜的區域。

表皮部分，倒也的確比較厚，有些地方竟然有近十釐米的厚度，要不是可以清晰地感知到內部的情況，而是放在外邊賭石市場切石的話，遇到這麼厚的表皮，恐怕會讓貨主哭出來吧？

王彪和房主最終把那塊白沙皮的原石價格敲定在了一千七百萬，成交了。對此賈似道沒有感到意外，一般來說，白沙皮的原石更容易出現高品質的翡翠。即便賈似道沒有去察看過，也能猜出王彪應該是頗有把握的了。

「小賈，這次老哥多謝你了啊。」王彪交易完成，對賈似道感激了一番。

「呵呵，哪裏的話啊，要不是跟著王大哥你，我根本就來不了這裏。」賈似道說的也是實情。王彪的意思是，賈似道把先挑選原石的機會讓給了他。不然，以賈似道的實力，完全有能力搶先拿下這塊表現較好的白沙皮原石。但兩個人能來到地下室，可是賈似道先提出來的。

「既然你這麼說了，明天有機會，我繼續帶你去幾家看看，到時候找個大貨主，讓你先上手。」王彪很大方地拍了拍賈似道的肩膀，隨後指了指眼前的黑皮原石，問道：「你還有什麼想要的嗎？」

「老闆，這塊黑皮原石，看過之後想要出手的人，恐怕不多吧？」賈似道給王彪遞了一個眼色，才繼續說道：「要是價格便宜的話，我倒是可以帶走。」

「哦，小賈，你對這塊原石有興趣？」這倒是讓房主有些奇怪起來。即便是他自己，也不太看好這塊原石，他略一琢磨，就說：「今天也算是收穫蠻大了，這塊原石，如果你要的話，就一千五百萬吧。」

「一千五百萬？」賈似道心裏好笑，「那還是算了吧。」

別看房主剛才說話客氣得很，但是，一旦到了交易砍價的時候，可是心狠著呢。如果不是明知道這塊原石不走俏的話，估計都能把價格開到一千七百萬。剛剛成交的白沙皮原石也才是這個價格，他自然有所顧忌。

「那小賈你說多少？」房主問。

「三百萬。」賈似道狠狠地殺了價，要不是看房主是個懂行的人，恐怕賈似道就敢開一百萬的價格。

「三百萬太少了。」房主回了一句。

賈似道聞言卻不沮喪，心底裏反而有著一絲竊喜。要是價格離房主的心理價位太遠的話，人家可能根本就不會還價了，直接搖頭表示沒有出手的意思就敷衍過去了。只要還能繼續說，無非就是想要再加一點價格而已。賈似道對於此道，雖然不精，好歹也還是知道一些的。

「老闆，你也是行家。這塊原石的表現究竟怎麼樣，大家也都清楚得很。」賈似道說，「這麼厚的表皮，又沒有明顯的蟒帶，連松花都很鬆散，要不是這次來我想要多收一點貨的話，我也不會選這塊了。」

「那三百萬的價格，也實在是太低了一點。」房主還有些不太願意鬆口，「這塊原石怎麼說也是老坑種的。」

「要不是老坑種的話，即便是四五十萬塊錢，也算是比較高的了吧？」賈似道嘴角頗有些笑意，他看到房主臉上微微有些尷尬，才說：「這樣吧，我也不多說了，連上這邊的四塊原石加在一起，一共四百萬，怎麼樣？」賈似道說著，指了指先前挑選出來的四塊小原石。

王彪看了看賈似道所指的方向，笑著說：「小賈，沒想到你還能從這廢料堆裏挑出四塊來。呵呵，不容易啊。」那意思自然是說這四塊原石不怎麼值錢了，他轉頭對房主說：「老闆，你肯定是有得賺的啦。」

房主自然只能苦笑，他早就注意到賈似道先前挑選的原石了，這四塊可比不得在小房間裏看的那些原石，一百萬的價格，倒也說得過去，甚至還正如王彪所說的，已經超過了房主的心理價位，再看賈似道的語氣很果斷，他猶豫了一下，便點了點頭。畢竟，這些原石放在地下室裏終究是死的。他自己又不打算切石，還不如換成現金重新進一批貨呢。

因為王彪支付的金額比較大，兩個人和房主商量過後，還是決定去一趟銀行比較妥當。而且，這些原石要想從地下室裏搬運出去，也不是一件輕鬆的事情。賈似道正在考慮是不是到外面找幾個搬運工時，房主卻笑著拒絕了。

他對身邊的弟弟示意了一下，沒過幾分鐘，他弟弟就從外面找來了四五個壯年男子，看他們的穿著打扮，應該是專門幹搬運活的。

「這玩意兒價錢比較高，還是熟人放心一些。這幾位可都是街坊鄰居，還有我的親戚，大家不用見外。」房主對賈似道和王彪解釋道。

賈似道心裏猜測，恐怕房主不希望讓其他民工知道他有這個地下室吧？所謂財不外露，還是小心一些為好。這幾個人抬著原石慢慢地出去，留下老湯跟著他們一道看著。而房主則領著賈似道和王彪找了一個就近的銀行，轉賬完成之後，三個人重新回到了住處。

那兩塊兩百多公斤的原石，此時已經放在房門口了。王彪和賈似道一起確認了兩塊原石無誤之後，再拿上先前買的幾塊小原石，打電話叫了一輛小貨車過來，就把原石全部裝了進去。賈似道也沒有地方放貨，自然是跟著王彪一起了。

和老湯告別後，兩個人坐進了小貨車。直到此時，這一趟買賣才算是徹底完成了。

「王大哥，現在我們去哪裏？」待到貨車開動，賈似道問了一句。後面的車廂裏，可放著上千萬的原石，也難怪賈似道有些不太放心了。

「呵呵，小賈，出來做生意，膽子還是要放大一些啊！只要是在平洲地區，像我們這樣裝著原石的車，是不會出什麼問題的。」王彪信誓旦旦地說，「我還沒聽說過有人會在這裏劫車呢。不過，我們這趟收穫的確蠻大的，我剛才找了個朋友的作坊，已經打過電話了，就先存在他那邊吧。你的呢？」

「我第一次來平洲，當然要依靠王大哥你了。」賈似道攤了攤手說。

「你倒是省事。」王彪笑著說，遞過來一根煙，還給了司機一根，又對賈似道說：「你晚上有什麼活動？」賈似道搖搖頭。

「這樣吧，這三塊原石，我看著還有些不太放心，我晚上想先擦開來看一下。如果你沒什麼安排的話，就跟著我一道吧。到時候我介紹幾個本地的和香港的老闆給你認識。」王彪說。

「好啊。不過，王大哥你真的打算晚上就切石嗎？」賈似道有些好奇，按說他這樣的大老闆，對待原石應該更加小心啊。怎麼會下午才收上手呢，晚上就要切開來？莫非……

王彪看出賈似道的疑惑，點了點頭，說：「本來我也沒打算在這邊進太多貨的。這不，看到好東西了，忍不住出手了。接下來我還要去揭陽呢。唉，到時候老哥我總不能太寒酸吧。」

「哪能啊。」賈似道嘴裏應付了一句，心裏倒是明白，王彪手頭的流動資金恐怕還真是不充裕了。這塊白沙皮原石的一千七百萬，顯然是超出了王彪的預算。這麼一來，晚上的切石，也就勢在必行了。

誰能保證在翡翠公盤上不會看到讓人心動的原石？所以，這會兒要是有機會的話，王彪肯定會把那兩塊開了窗的風險相對較小的原石給切開，然後轉手出去，以儘快回籠資金。要是能切出一塊玻璃種顏色純正的翡翠來，恐怕那一千七百萬就能填回來了，甚至還能多賺一些。當然，前提是那兩塊翡翠的料子足夠好。萬一兩塊都切垮了的話，那就要看王彪有沒有那個魄力，在平洲就把白沙皮原石給切開來了。

至於賈似道，能認識更多的翡翠商人，是他求之不得的事情。這樣可以拓寬自己的視野，認識的人多了，以後才能更方便地出售他自己的原石。這生意是講究人脈的，人脈廣了才能左右逢源。

賈似道也很希望看到王彪賭來的幾塊原石的內部情況。對於一個賭石的人來說，把原石切開來看個究竟，再和自己原先對於原石外表皮的觀察作驗證，絕對是一件樂事。甚至於，還有很多商人僅僅是想要驗證一下自己的猜測和推斷，而出高價收進原石來切石的。

也難怪王彪大方地邀請賈似道一道去看他切石了。面對這樣刺激的事情，即便他不邀請，恐怕賈似道知道了之後也會自己跟過去的。

想到晚上要切石，兩個人都開始琢磨起來，一路無話，很快就到了王彪所說的那個朋友的加工作坊，就在小鎮的另一頭，不算太偏僻。兩個人下了車，就見到有工人過來幫忙搬運原石。

王彪給其中的一位中年人遞了一根煙，嘴裏說道：「王老闆，好久不見了。這次又要打攪你了，晚上還要在你這裏忙一陣子呢。」

「瞧你說的，見外了不是！」對方呵呵一笑，看了賈似道一眼，問道：「這位是？」

「小賈，浙江人。」王彪介紹道，「你別看他年紀輕，眼力可不弱啊。」他又對賈似道說：「小賈，這位老闆也姓王。人家的生意可大著呢。」賈似道自然是上前客套一番。

三個人一起進了作坊，這裏地方還算開闊，是幾間房子合起來的，中間的牆壁已經打通，有點類似於廠房，只是沒有標準廠房那麼高。現在已經是傍晚了，但裏面還有不少工人在忙碌著，有的還在雕刻翡翠成品。賈似道跟在王老闆的身後，一邊走一邊粗略地看了一下。工人們的手藝應該都還不錯，至少他們的動作是很嫻熟的。

至於其他的，因為是初步雕刻，看不太出來。唯一的感覺就是，這間作坊出品的翡翠，品質應該都還不差。靠近門口的那幾位工人手中的，明顯是低檔的翡翠料子，而沒走幾步，賈似道就看到有人在雕刻豆種菠菜綠翡翠了，對於這些手工作坊來說，也算得上是好東西了。

注意到賈似道的目光，王老闆問了一句：「怎麼樣，小賈，要是有興趣的話，可以從我這裏提點貨，給你打八折。」

「呵呵，王老闆客氣了。我倒是想呢，也得有地方銷售才行啊。」賈似道聳了聳肩說。邊上的王彪笑著幫解釋了一句：「人家小賈只做毛料生意的。」

王老闆也不在意，領著兩個人穿過作坊到了內間，佈置得像是一個辦公室，三個人就座之後，王老闆問道：「二位應該還沒有吃過晚飯吧？就在這裏將就吃一點吧？」

「呵呵，那就打攪了。」王彪說著還特意看了賈似道一眼，見到賈似道點頭，才臉色坦然起來。

賈似道也入鄉隨俗，做翡翠毛料生意的人，別看腰包裏的錢不少，但是一日三餐的伙食，卻沒有那麼多講究。出門在外，也大多是隨便應付過去，有時候為了看貨甚至顧不上吃飯。三個人加上作坊裏的幾個領班，在食堂的包廂裏隨便地吃了一頓。

說是包廂，其實不過是一個小間，和外面的食堂大廳分隔開。裏面傢俱也很簡單，就是大圓桌擺了幾把椅子而已。食物大多是食堂中的普通菜肴，王老闆可能和大廚吩咐過，還特意端上來一鍋燉好的老鴨湯。賈似道猜想應該是從外面買過來的，不然，燉這樣的湯可不是很快就能完成的。

在這麼一個小作坊裏有食堂，雖然不大，只是兩間房子打通了中間的牆壁而已，卻也讓賈似道開眼了。聽王老闆說，晚上作坊裏還有工作，有這麼個食堂，可以方便工人就餐，畢竟平洲比不得大城市裏吃飯方便。

一頓飯下來，酒沒少喝，幾個人之間的關係也變得融洽了不少。本來賈似道還以為晚上要切石了，王彪應該會悠著點。誰知道王彪大口吃肉、大口喝酒，北方人的那種豪爽在他身上顯露無遺。

要是每一個北方人都和王彪一樣，在餐桌上頻頻敬酒的話，賈似道暗想自己以後恐怕都不敢往北方走了。

席間幾個人的話題自然是離不開翡翠原石，大家都是行裏人，說起話來也沒什麼顧忌。特別是王老闆，經營從翡翠原料到翡翠成品的生意。賈似道聽得多，說得少，不過他的收穫不小。

最後，三個人談到了翡翠成品價格因素之一的加工。說到這裏，王老闆介紹了作坊裏幾位雕工不錯的師傅給兩個人認識。

要說決定翡翠成品價格的最大因素，是翡翠的質地、水頭、顏色的話，那麼雕工就是翡翠工藝製作中比較寬鬆的一個標準了。因為翡翠的成品以手鐲、戒面居多。雕工倒是不太能體現出來，只要拋光的工藝到位，就可以展現出翡翠的最大價值。但要是說到掛件、擺件，沒有幾年的雕刻工夫，斷然是學不會的。

「就好比這塊冰豆種的墨綠翡翠。」說話間，王老闆隨手從口袋裏摸出一小塊翡翠來。大凡賭石的人，身邊要是沒點翡翠飾品，才會讓人覺得奇怪，哪怕是賈似道這個剛入行的人，不也是在一開始進入古玩收藏的時候，就隨身戴著一枚觀音掛件嗎？

如果是在臨海那樣的地方，像賈似道這樣的佩戴自然算是行裏人了，但要是在平洲、揭陽這樣的翡翠市場，一般商人身上無不攜帶著上好的翡翠飾品。王老闆的手指上，就帶有一枚玻璃種陽綠的翡翠戒指。王彪的脖子上掛有一枚和賈似道類似的觀音掛件，是玻璃種飄綠翡翠。

兩個人頗有興致地看著他這塊翡翠的成色，微微有些薄，適合用來加工成玉佩的形狀。上面已經有些刻痕，應該是已經規劃好了雕刻的圖案，準備雕刻了，只是要雕刻的形態還不太清晰而已。

但讓賈似道奇怪的是，這塊冰豆種的墨綠翡翠，質地和顏色都不算上佳。顏色過深，而且在包廂內的燈光照射下，還顯得有些乾澀。要不是水頭還不錯的話，整塊翡翠就顯現不出翡翠的剔透來。

在賈似道的眼中，這樣的翡翠自然沒有多少價值可言。更為可惜的是，整塊翡翠的一頭還點綴著密密麻麻的草芯子，也就是翡翠中常見的白點，讓整塊翡翠價值大跌。如果沒有這些草芯子，這塊翡翠還能值幾萬塊，現在恐怕也就幾千塊的價格了。

賈似道還沒發表意見呢，王彪開口讚了一句：「好手藝，好想法啊……」說著，王彪接過了王老闆手裏的翡翠，仔細地察看起來，這讓賈似道非常好奇。

「小賈，你看。」王彪轉身對賈似道說，「這塊翡翠的質地一目了然，要是一般的工匠來雕的話，恐怕這塊翡翠就廢了。」

賈似道點了點頭，這也正是他心裏所想的。

「不過，王老闆手下的工匠可真是不簡單啊。寥寥數刀，就變廢為寶了。」王彪說著，看到賈似道好奇的目光，解釋道：「這塊翡翠即將要雕成的，應該是水滸裏的一個故事，風雪山神廟，你應該知道吧？」

一聽到「風雪」二字，賈似道就豁然開朗了。再看眼前這塊翡翠的時候，心裏忍不住就生出了幾分喜歡。

王彪把翡翠遞到了賈似道手裏，賈似道把翡翠舉到眼前，對著燈光一看，可不是嘛，那密密麻麻的草芯子，如同漫天的大雪一樣。底下的墨綠色，雖然有些乾澀，但那簡單的幾刀，卻已經勾勒出了山石、樹木、小徑，以及林沖的身影。

要是這塊翡翠水頭足、透明度高的話，恐怕還體現不出雪夜裏的蕭瑟之景吧？也難怪王彪要感歎變廢為寶了。

賈似道猜測著，僅僅是現在這麼一個毛坯，就有了如此形象的人物、故事，甚至於翡翠上的每一處亮點、缺點，都被設計得那麼貼切整個情景的意境，實在是難能可貴。這樣的設計，絕對不是一般的翡翠成品所能具備的。如果打磨完成的話，恐怕這塊翡翠賣個幾十萬也不在話下，這充分說明了翡翠後期加工的重要性。

再看王老闆看著這塊翡翠時得意的神情，賈似道和王彪也只能羨慕他的手下有這樣的能工巧匠了。賈似道把翡翠遞還給王老闆，嘴裏也贊了一句：「王老闆這一出手，還真是讓我大開眼界啊。看來，我以後交易翡翠原料的時候，需要注意一下了。」

「小賈，你這麼一說，豈不是說明我以後要是從你那裏拿貨，更沒得撿漏了？」王彪揶揄了他一句。

「王大哥，這也不能怪我吧。要怪的話……」說著，賈似道瞥了王老闆一眼。

「別，可別這麼看著我。」王老闆趕緊說，「這塊翡翠其實半年前就在我的口袋裏揣著了。我經常把它拿出來，給手下的工匠師傅們看看，就是想讓他們對每一塊翡翠都物盡其用……沒辦法，誰讓我們就是吃這行飯的呢？」

說起來，廣東地區的雕工向來出名。除去翡翠一行，更為突出的，還要屬牙雕。尤其是象牙製品，那精美絕倫的工藝，讓賈似道心生羨慕。

不過，在座的都是翡翠商人，賈似道也就很自覺地沒有提起這些了。倒是王老闆無意間提起的，要讓每一塊翡翠原料都物盡其用，引起了賈似道的深思。既然連一塊頗有些瑕疵的冰豆種墨綠翡翠，都能在雕刻工匠的手裏起死回生，那麼，對於那些質地純粹、本身就價格不菲的翡翠料子，如果加上精心的設計和精巧的雕工，其美麗的光彩恐怕會展現得更加淋漓盡致吧？

想到這裏，賈似道倒是有些盼望著找幾個手藝不錯的工匠來雕刻了。不過，賈似道心裏也清楚，大凡有些手藝的人，早就被那些有實力的翡翠商人給挖去了。而那些雕刻界的名手，又不是賈似道這個新手能夠請得到的。要是能找到個中間人來牽線搭橋，倒還有些可能。

一時間，賈似道的腦海裏便閃現出了王彪和劉宇飛的身影。但是，賈似道隨即就神色黯然下來。以王彪和劉宇飛自身的實力，想要請到那些人當然沒什麼問題。但是，卻並不能時常地邀請道他們來雕刻。尤其是好的翡翠明料的雕刻，除去手鐲之類的常見款式之外，其他的大型擺件，無不要花上幾十天、幾個月的，甚至有人為了雕刻一件國寶級別的翡翠成品，能花幾年的工夫。

這樣的投入，偶爾為之，自然沒有太大的問題。但想要長期請人來雕刻的話，就沒有這麼方便了。而且，劉宇飛他們既然可以請到人，他們又怎麼會放過如此好的機會，不採用他們自己的翡翠原料呢？在頂級翡翠成品的行列中，哪怕是同樣品質的翡翠，出自名家之手和出自一個新人的雕工，其價格差距也不是一個小數目。

因此，沒有任何一個商人會錯過讓名家來雕刻自己的翡翠的機會，也難怪賈似道的臉上欣喜一閃即逝。難道還要自己去學習雕工？對此，賈似道有些躊躇。雕刻的工藝，對於他來說，所花費的時間暫且不算，要是雕刻簡單的擺件，賈似道倒是頗有信心。畢竟，他左手的特殊能力在雕刻的時候可是能發揮很大作用。

恐怕任何一個大師，都不如賈似道對手中翡翠的質地、紋理更為瞭解了。但是，要是雕刻頂級的翡翠擺件，沒個三年五載的手藝，根本就沒戲。如果在廣東這邊找不到雕刻師傅的話，去一趟揚州那邊，或許還能有收穫，畢竟揚州雕工的名頭也是很響亮的。在翡翠一行混了有些時日的賈似道，對於這些門道自然也是有所瞭解的。

飯後，幾個人稍作休息，王彪則打電話通知了幾個商人，話裏只是透露了晚上要準備切石。其他的，就要靠那些商人自己意會了。不過，這種話頭一起，那些大商人也不傻。只要晚上沒有特殊的安排，還是會前來捧場的。

不管怎麼說，王彪在翡翠行裏也算是一個重量級的人物了。這樣的人準備切石，還特意打了電話通知，其深意大家不用猜想也能知道。

對此，王老闆一笑了之。賈似道看著王彪倒也沒有太多的羨慕，名氣沒有打響的時候，即便賈似道想要打電話，也不知道打給誰。別看平時名片收了不少，但此時在平洲的都有誰，賈似道是一概不知。比如賈似道這會兒要是打電話給劉宇飛，讓他從揭陽趕過來，也不太現實。

王彪這種級別的翡翠商人，卻很容易就能知道都有哪些大的潛在客戶這個時候在平洲，這就是人脈啊！

不一會兒，王老闆的作坊裏就來了不少人，有獨自前來的，也有兩三個人一起結伴的。王老闆見了，也都是相熟的人，招待很隨意，大家都沒什麼講究。寒暄中，賈似道也認識了不少人，有的是香港那邊的，有的是廣東本地的，也有其他省市的。一數人數，竟然已經來了十幾個商人。

賈似道看著他們熟絡的樣子，心裏也暗暗驚詫。

能被王彪看上眼並且通知到的商人，其身價恐怕都不會太低吧？即便有那麼一兩個人是跟著別人來的，但是，能和這些商人在一起的，也不能忽略他們的實力。

這十來個人中，賈似道也就認識郝董。早上和郝董站在一起的兩個商人，也還算有點眼熟，其他的都是陌生面孔。

眾人談話間，自然是說著賭石的趣事了。

一會兒是某某老闆在騰沖賭了塊好料子，一會兒又是誰誰在揭陽那邊失手了，或是討論最近翡翠市場的行情。賈似道總結了一下，無論是經濟危機也好，古玩熱也罷，對於翡翠市場來說，卻是沒有什麼太大的影響。尤其是高檔翡翠的價格，正在逐步攀升，再加上奧運會的金牌「金鑲玉」一出，翡翠作為硬玉，也更為廣大收藏愛好者所接受。當然，對於眼前這些大翡翠商來說，王老闆這裏的翡翠成品，他們自然是看不上眼，他們每個人都有著類似的加工廠。

連在臨海的周大叔這樣小打小鬧的古董商，都開了自己的加工廠，還有誰會不把加工這一塊的利潤掌握在自己的手裏呢？

當然，從他們的談話中，賈似道也知道，利潤最為豐厚的，恐怕還是頂級的翡翠製品。眾人還在感歎著現在好的翡翠料子太少了，尤其是玻璃種的豔綠、陽綠這種級別的，都成稀罕貨了。要是不到緬甸的公盤去直接取貨，或者和開掘翡翠原石的礦產公司搭上關係，想要拿到好的原料實在是太難了。

聽到大家討論到這裏之後，王彪站了起來，笑著邀請大家一起去前面的作坊，準備開始切石了。

賈似道心裏暗贊一句：王彪果然不愧為行家啊，太懂得把握時機了。如果這個時候切出高檔的翡翠料子來，眾人之間的競價也就可想而知了。

跟在眾人的最後，和王老闆這個主人一道，看著王老闆臉上淡淡的笑容以及眾多翡翠商人的那股熱情，賈似道忽然覺得，在翡翠行裏，他需要學習的還有很多。

「莫非，王董準備切開來的，就是這塊翡翠原石？」

走在靠前位置的郝董，看到作坊的切割機邊上堆放著的幾塊翡翠原石，眼睛不由得一亮，說道：「這可是塊好料子啊。看來應該是今天剛拿下的。」

說著，他還歎了一口氣，不無羨慕地說：「我在平洲已經待了一周了，竟然還沒有王董剛來一天的運氣好呢。」

「郝董，你可別這麼說，取笑我了不是？別人不知道，我還不知道嗎？你的路子，可是比我廣著呢。」王彪客氣了一句。

而老湯這個線人，王彪是斷然不會說出來的：「不過，你的眼光果然毒啊。

這塊原石是我這趟賭石收來的表現最好的一塊了。」

說話間，王彪就到了翡翠原石面前察看起來，切石的工作可馬虎不得。

因為事先有了安排，賈似道和王彪下午得來的翡翠原石，自然沒有全部都堆放在這部切割機邊上，只有王彪準備切開來的那兩塊開了窗的料子。其他的則是放在王老闆作坊裏，這也是一種策略。

要是把白沙皮那塊翡翠原石都擺出來，那麼這些大商人雖然不會強搶，但是，既然已經看到更好的了，其他料子的價格勢必會受到一些影響。王彪這樣的老手，自然不會犯這樣的錯誤。

大家看到王彪開始看石之後，雖然有心想要上去看看情況，為接下來的競價做準備，卻也不好在這個時候打擾。而王老闆閑來無事，倒是無意中向眾人透露，賈似道是和王彪一起去收貨的。為此，賈似道還特意對著王老闆遞了一個感謝的眼神。

要不是這樣，恐怕這些大商人的眼中，這會兒就只有眼前的翡翠原石了，哪還能注意到賈似道這個新人啊。而王老闆這麼一提，不少商人自然把注意力轉移到了賈似道身上。

賈似道不得不感歎，有時候，想要讓別人注意自己，還是需要自己表現出一點實力的。要不然，誰又會關注呢？

看到大家頗為好奇的眼神，賈似道心裏了然。一位香港來的商人，向賈似道問了一句：「小賈是吧？」見賈似道很客氣地點了點頭，他才接著問道：「剛才王老闆說，你也是經營翡翠毛料生意的，既然王董都有如此收穫，想必你也應該收穫不小吧？是不是也趁此機會，讓我們大家開開眼呢？」

「開眼可不敢當。」

賈似道笑著應道：「不過，要是在王大哥切石之後，大家還有興趣的話，我倒是不介意借王老闆這個地方，也沾沾王大哥的喜氣。」

「果然是後生可畏啊。」

一個大腹便便的中年老闆笑呵呵地說：「小賈，你應該仔細地看過王董的那兩塊原石吧，不然，怎麼就這麼肯定王董的原石一定可以切漲呢？怎麼樣，是不是和我們先說說情況？也讓我們等一會兒好有個準備。」

「這我倒沒太注意。」聽到大家所關注的依然是王彪的原石，賈似道也只能苦笑著說：「是王大哥先看的貨，我只不過是跟在他後面撿點漏而已，說不定是一點收穫也沒有呢。」說著，賈似道攤了攤手。眾商人這才神情淡然地點了點頭。

要不是這樣的話，賈似道能陪著王彪去看貨，大家心裏或多或少都會起一些疑惑吧？要知道，翡翠原石的看貨，如果是賣家手裏有好東西的話，勢必不會再帶一個人前去，除非兩個人的關係非常密切。

在生意場上，很少有帶著不太熟悉的人前去看貨的，除非是線人的安排，就好比賈似道在雲南收穫瑪瑙樹的時候一樣。不過，那種情況實在是少之又少。

當然，賭石一行，即便是一起去看貨的人，也還是要靠各自的眼力。對於任何一塊翡翠原石，只要外皮的表現不是十分出色的，真敢果斷下手去賭的話，也還需要幾分運氣。如果賭石真的只要看外皮就能準確判斷出內部情況的話，那也就無所謂賭石了。

擦　石

王彪沿著外表皮的蟒帶，
擦出了近三十釐米，寬度約四五釐米的帶狀，
開始的時候，豔綠的顏色，格外顯眼，
漸漸地卻隱沒到了原石的內部。
顯然要比所有的綠色
全部浮現在原石表皮要好得多了。

這邊幾個人客套了一番，那邊的王彪卻已經仔細地研究過第一塊原石了，他喊了賈似道一聲，兩個人一起把翡翠原石抬到了切割機上。

王彪是準備直接出售翡翠明料的，壓根就沒有想過把原石轉手，所以也就沒有必要進行擦石了。更何況，這兩塊翡翠都是開過窗的，尤其是兩塊原石的開窗位置，實在是整塊原石表皮最容易出綠的位置，如果這個地方都沒有好的翡翠出現的話，從其他地方切下去，就更是希望渺茫了。

只要找準了部位，先沿著開窗的位置，切一小片看看情況，恐怕是王彪現在最穩妥的辦法了。

賈似道也對王彪的舉動頗為贊同。對於王彪喊他一起過來幫忙，賈似道略微一想，也就明白了其中的原因。其他的幾個人都是王彪潛在的出售對象，而以王彪對賈似道的瞭解，自然不會認為賈似道會購買翡翠明料。

因此，賈似道也沒有趁著抬原石的機會給原石做探測。反正是王彪的東西，又馬上就要切開來了，他沒有必要急於這一時就知道答案。不過，或許是習慣了自己特殊能力，賈似道的左手一接觸到翡翠原石，還是情不自禁地略微探測了一下，範圍也只是局限於靠近左手握著的地方。

只是那感覺卻不太妙，竟然全都是石質，賈似道仔細地看了看左手所處的位置，還好，原石開窗部分是對著王彪所抬著的那一邊的，只要一開始能切出翡翠來，當即出手的話，王彪還是不會虧的。

翡翠原石固定好了，打開切割機，「隆隆」的機械聲響起，明明聲音很吵，卻又讓人覺得很靜謐，哪怕有人重重地呼吸一下，也可以感覺到。

「隆隆」聲緩了下去，切割機發出一陣「滋滋」聲，切到翡翠原石的時候，大家也就更加小心翼翼了，大氣都不敢出，似乎生怕自己一個呼吸就把翡翠原石的綠色給吹跑了。不要說是賈似道這樣沒經歷過幾次切石的人了，就是這些翡翠行業的大老闆們，臉上的神色也頗為緊張。

這種緊張，與切石的次數無關，與身家無關，純粹來自於賭石的魅力。

「呼！」最終還是王彪長長地呼出了一口氣，他走上前幾步，來到切割機邊上，伸手去揭開那一小片薄薄切片，開始仔細端詳起來。

圍觀的眾人，這個時候也都恢復了正常，紛紛上前去察看。

只有賈似道和王老闆似乎對此並沒有太大的興趣，站在邊上，看著眾人瞧熱鬧。兩個人還很有默契地對視了一眼，臉上露出了微笑。

「你怎麼不去看看？」王老闆問了一句，「難道你對原石的情況不好奇嗎？」他似乎是在奇怪賈似道這樣一個年輕的翡翠商人，不應該有如此的沉穩。

賈似道聞言苦笑了一下，說道：「反正慢幾步也同樣能看到，不是嗎？」隨後，他歎了一口氣，似乎知道自己的解釋並不真誠，說道：「即便第一個看到了結果，我也沒有機會擁有啊。」

這話倒是實在得很。王彪的打算，王老闆自然很清楚。不要看王老闆的生意做得挺大的，但是，王彪的翡翠原石如果切出來品質上佳的話，他也沒有收下來的意思，他的作坊，並不經營高檔的翡翠成品。

而賈似道在這麼多大商人面前，自然也沒有機會出手了，尤其是王老闆已經知道，賈似道是經營翡翠毛料生意的。

兩個人交談了一下，再看圍著王彪的那幾個商人的表情，卻心裏一緊，似乎切出來的效果並不是很好。這會兒，王彪已經退出了人群，正看著手上的翡翠切片，似乎是在沉思，又似乎有些發呆。其他的幾個商人則圍著那塊原石察看著，有幾個還在交頭接耳地交換著意見。

賈似道走上前去，問了一句：「王大哥，沒有切出綠來？」

王彪也不說話，直接遞過了手上的切片。賈似道接過來一看，還真是白花花的一片，連一絲綠色的痕跡都沒有。雖然這切片上的景象，在一般情況下，和翡翠原石本身的情況還是略微有些差別的。但是這白茫茫的情景，實在讓人提不起興趣。

原本窗口隱隱有一點綠色，現在切出來的效果還不如開窗，實在是大大出乎眾人的預料。

「真沒看出來，竟然是薄得不能再薄的靠皮綠。」賈似道心裏嘀咕了一句。也許正是因為擔心靠皮綠，王彪才會切不到兩毫米厚的切片。而即便如此小心了，誰能料到，這綠色的部分竟然這麼薄呢？

「王董，接下來還切嗎？」有商人在察看一番之後，追問了一句。

「切啊。」王彪很肯定地說。要是這時就收手，不要說本金了，估計萬把塊錢都不會有人要。與其廢了，還不如再從中間切一刀看看呢。畢竟，賭下這塊原石，除了為了開窗部分的綠意之外，王彪更多的還是看中了原石的場口。

只有整塊翡翠原石的底子好了，才值得一個翡翠行家花上大價錢去賭。要是僅僅看翡翠的開窗部分，只要是稍微懂點行的人都知道，那不過是原石上最容易出綠的地方，有那麼一點綠意，也算不上什麼保證，那點綠意無非能增加整塊原石出手的價格而已。

而且，王彪這樣的大商人，也斷然不會因為一兩塊原石的切垮而動搖自己的判斷。待到所有人都讓開來之後，王彪再度察看起原石來。這會兒，他明顯要比開始的時候更加謹慎了，似乎切石的成敗在此一舉，邊上的人也不禁緊張了起來。

只不過，王彪小心是小心了，對於原石的觀察也足夠細緻了，尤其是在切石的時候，擺放位置也都符合大家的推斷。但是，第二次切石的結果，依然讓大家搖頭不已。

賈似道上前看了看第二塊切片，嘴角露出苦笑。

這一次的切石，王彪並沒有和那些初次賭石的人一樣，一遇到切垮了的毛料，就來個對半切。這樣一來，能切出綠色來固然可喜，要是沒有見綠，恐怕整塊翡翠原石就真的徹底廢了。而且，即便真的有綠色翡翠出現，因為是對半切，很容易把原本比較大的料子切成兩半。

在翡翠原料上，越是大的完整翡翠料子，才越值錢，畢竟做起翡翠飾品來選擇也就越多。而小的料子，更多的是講究後期加工的精心設計。巧婦難為無米之炊啊。

而王彪也是根據原石靠皮綠的表現，在下第二刀的時候，遠要比第一次切的時候厚得多。為此，王彪還皺了皺眉頭，下了一番狠心呢。切得越多就越心疼，這塊原石可是他花了一百萬的價格才收上來的。

如果能切出綠來，這麼厚的一刀下去，在切片上的翡翠，其價值自然就要低很多了。但是，不管心疼不心疼，前提還是要切出綠色翡翠來，不然一切都沒有意義。

整個現場一時間也變得很安靜。這種安靜與切石的時候不同，讓人感覺分外難受，還特別壓抑。賈似道皺了一下眉頭，說道：「王大哥，繼續切吧。」

王彪掏出香煙，點上一根，狠狠地吸了幾口，這才轉身又開始切石。連續兩刀的失敗，尤其是第二刀近兩釐米的切片都沒有出現綠色，難免讓人沮喪。不過，在場的人也都是賭石一行的老手了，也沒有誰會在這個時候說些什麼。

這樣的情況還是比較常見的，讓賈似道擔心的是，這塊翡翠原石的另外一端，他左手感應過的地方是結結實實的石頭，如果王彪再切兩刀，還是沒有出現綠色的話，這就是一塊廢料了。

而事實正如賈似道所擔心的那樣，往最壞的方向發展。王彪一會兒猶豫，一會兒又很乾脆地連續下了幾刀，都沒有什麼綠色翡翠出現。偶爾出現一點綠意，也是夾雜在斑駁的翡翠質地之中，而且也不是純淨的綠色，有很多白棉、黑點等雜質存在。

「算了，換一塊吧。」切到最後，王彪自己也放棄了。整塊翡翠原石的一大半，被切成了七八片厚薄不一的切片，偶有幾片的成色稍微好一些，還能挖出一些翡翠來製作小擺件，但價值卻不大，也難怪王彪要放棄了。

「王老闆，這塊石頭就賣給你了怎麼樣？你就看著給吧。」王彪對王老闆說。這樣的翡翠原石，讓作坊加工，倒也不失為廢物利用。雖然工藝會比較麻煩一些，但是坑種還算不錯。如果把這些切出來的切片運回北方的話，王彪自己的加工廠也能製作，但是，花費的運費、精力都很不划算。

最為重要的，還是王彪想把這塊切廢了的原石儘快脫手。就算不是為了去晦氣，但一塊價值百萬的原石，轉瞬間就跌到只剩下幾千塊錢了，王彪的身家再怎麼豐厚，賭石的經驗再怎麼豐富，這會兒也不可能無動於衷。

與其在這塊原石上糾纏，還不如快刀斬亂麻，直接脫手來得直接。用王彪自己的話來說，垮了就垮了。既然賭石，難免會遇到切垮的時候。只是有如此良好開窗表現的翡翠原石，開出來卻是一塊廢料，難免讓人感慨。

王老闆也是熟人，既然王彪開口了，他便以八千塊錢這個比較公道的價格收了下來。而且看樣子，王彪應該會繼續切石，於是他就叫了兩個人把切垮了的原石搬了出去，來個眼不見為淨。

賈似道一邊看了，也對著王老闆笑了笑，暗自贊王老闆細心。

眾人的注意力馬上就集中到了另一塊原石上。

「來，小賈，還要麻煩你幫個忙。」王彪也算是看得開，對賈似道說了一聲，兩個人又把原石抬到切割機上。這一回，王彪同樣不急著切石，而是先仔細察看原石的表皮表現。

這時，賈似道身上的手機卻響了起來。眾人都是一愣。

說起來，一般人在切石的時候，並沒有什麼太多的忌諱。尤其是到了現在這年頭，那些傳聞中的焚香沐浴再擦石切石的說法，雖然還有人會實踐一番，卻也是極少數的。像王彪這樣的大商人，自然不會如此迷信。

不然，他也不會在剛切垮了一塊原石的情況下，立即就準備切第二塊了。缺少資金是一個原因，實事求是卻是更重要的態度。原本這些舉動，就不過是賭石者的心理安慰罷了。

不過，在有人切石的時候，尤其是在加工作坊裏，眾人又知道即將切割的原石比較貴重的話，大多都會關掉手機或者調成震動，儘量少干擾賭石者。

現在賈似道口袋裏的手機這麼一響，倒是讓切石的氣氛一下子變得有些鬆緩。眾人看著他的眼神，先是微微有些詫異，隨即卻也有了笑意。賈似道卻很尷尬，他拿出手機一看，原本想要直接關掉的，可是見到螢幕上的那個名字，心裏一動，道了個歉，就走到眾人的週邊，走得稍微遠一些，接聽起來。

「李姐，有事嗎？」賈似道一邊說話，腦海裏一邊閃現出李詩韻那慵懶俏麗的模樣。

「難道沒事就不能找你了啊？」手機那邊傳來埋怨的聲音，聽得賈似道一陣慚愧，那懶懶的聲音讓人生不出一點反感。

「怎麼會呢。」賈似道立即敷衍了一句。

「那還差不多。」也許是想到賈似道這會兒可能有什麼事情，她也不客套，直接問道：「小賈，過幾天揭陽那邊有個翡翠公盤，我準備去那裏看看，碰碰運氣，賭一賭能不能收到一兩塊好的毛料，你如果不忙的話，能不能陪我一起過去啊？」

「這個，李姐，我這會兒人正在平洲呢。」李詩韻能想到他，的確是出乎賈似道的預料。去雲南，李詩韻是跟著楊總那幫人一道去的，賈似道自然覺得，這一趟揭陽之行，李詩韻也應該早就有安排了。而且，在賈似道看來，李詩韻如果說在翡翠成品銷售上還比較在行的話，那麼在翡翠原料上無疑是一個外行，要不然也不會要從香港那邊進貨了。而且，即便李詩韻要收購翡翠明料，也大多是一般品質的料子。

如果說李詩韻能在翡翠公盤這樣的地方大展身手的話，連賈似道都不會相信。但是，正是這麼一個女子，這會兒卻在電話裏邀請賈似道一起去翡翠公盤，的確讓賈似道有些措手不及。

「原來你已經到了那邊了啊。」手機那頭一陣訝異，隨即說道：「也對，你可是經營翡翠毛料生意的呢。對了，你現在應該正在忙吧，剛才手機響了那麼久你才接？」

「呃，有朋友在切石呢。」賈似道如實地說。

「哦，那我就不打擾了。」李詩韻應了一聲，在掛機之前卻說了一句：「等我到了那邊再找你。」這話讓賈似道心裏一跳，該不會李詩韻一個人趕過來吧？

正想著李詩韻究竟是什麼意思時，身後傳來一陣驚詫聲，賈似道立即轉身看去，發現十幾個商人，都在察看著王彪剛切出來的原石。而王彪自己則站在眾人邊上，臉上的神情平和了不少。但賈似道覺得那神情並沒有預想中的高興。

莫非又沒有切出綠來？

賈似道心裏一動，琢磨著應該不會。如果是切垮了的話，恐怕王彪臉上的神色就不會如此平和了。緊走幾步到了王彪身邊，賈似道小聲問了一句：「王大哥，這一次怎麼樣？」

「比上一塊好一點吧。」王彪苦笑著遞過一塊切片。賈似道仔細地看了看，在切面上倒是有幾條綠色的翡翠帶，只是顏色不是很純淨，有些淡、有些雜。一般的翡翠原石，是不太可能一切開來就出現純淨的綠色翡翠的，大多數都是夾雜著白棉等雜質或者顏色有深淺之別。如果更倒楣的話，甚至還會被沁入黑點，或者裂痕，那就算是徹底糟蹋了。

眼前的這塊切片，一邊是乾淨平整的切面，一邊是粗糙的外表皮。賈似道這才注意到，這一次的切石，王彪竟然不是直接從開窗的地方下刀的，想來是經過深思熟慮的。

如果從開窗部分開始切割，就像第一塊原石那樣直接下刀就可以了。因為從開窗處大致可以判斷出翡翠原石內部的一些情況，雖然只是猜測，卻可以成為比較客觀的依據。

而從其他部分開始切割的話，只能說王彪對於這塊原石比較有信心，根據翡翠原石表皮的特徵，研究出翡翠原石內部可能存在的翡翠的走向，沿著表皮的紋路劃好了線進行切割。

比起前者來，後者的技術含量無疑要高上一些。但要是切開的切面出現盎然綠意的話，那麼，僅僅是這麼一刀，王彪就可以把第一塊翡翠原石切垮的成本給賺回來，甚至還能有額外的收入。畢竟，一個好的切面，再加上一個好的窗口，無疑會把整塊原石的價格提高。

只是現在的情景，有些在意料之中，又有些出乎意料。翡翠倒是真的切出來了，品質卻不是很好。也難怪王彪的表情在賈似道看來有些奇怪了。

賈似道還沒說話，那邊看完原石的香港商人就上前來和王彪說起來，一口的粵語腔調。其他商人自然也不甘落後，這塊原石王彪是肯定要出手的。即便原石的品質一般，但手頭資金充足的話，誰也不會放過這其中的利潤。

「王董，這塊原石是什麼情況，大家都比較清楚了。不如你就開個價吧。」

賈似道來到原石面前，仔細地察看了起來，從切面看進去，打上強光，就可以看到這部分翡翠的水頭還是比較足的。唯一的缺陷就是顏色不夠好，有些發懵，而且綠色帶也不夠完整，中間更是被一些白棉穿插著，想要出手一個高價實在不易。

而開窗的這一邊，綠色比較蔥郁，但是根據整塊翡翠原石的表皮來看，這一部分的綠色質地，應該不會滲透進去很深。

王彪自然不敢繼續從這裏切開了，如果還是靠皮綠的話，整塊翡翠想要依靠切面那一邊的表現出手，估計也就是十幾二十萬了。要是現在不切就出手，還能讓那些買家也搏一搏，就賭這窗口附近的綠色究竟滲透進去有多深。

這樣一來，只要王彪咬緊價格不放，估計這塊原石是不會虧本了，還是能夠賣得出去百來萬的。

要是王彪那一刀切下去，露出來的質地、顏色都和開了窗這邊類似的話，這塊原石至少也會在四五百萬以上了。而要是一點翡翠質地都沒有，恐怕王彪也不得不繼續在開窗這部分冒險了。

說起來，是個很簡單的決定，幾百萬的價格，也只是數字而已。但真要是事情到了自己身上，任何人都會有些猶豫。賈似道微笑著用自己的左手感應了一下整塊原石，尤其是靠近窗口這一邊，竟然還真的是靠皮部分的質地不錯，當然比第一塊要好很多，翡翠部分應該有兩三釐米厚，只要綠色不鬆散，和開窗處看到的一樣，一百萬的價格收下倒是不會虧的。

一連兩塊開窗的原石切開後，都是靠皮綠。這讓賈似道有些擔心起自己收上手的那塊開窗原石，是不是也逃脫不了這樣的命運。要知道，這三塊原石可都是從同一個賣家手裏收上來的。

只是現在這個時候，賈似道也不好猜測些什麼。等到王彪那邊談妥價格，最終以一百二十萬的價格，被一個廣東本地的商人收下之後，眾人卻頗有些期待地看著王彪。在電話裏，王彪可透露出不僅僅只切這兩塊原石的意思，要不是衝著有好的翡翠料子，這些大商人恐怕也不會這麼晚了還興沖沖地趕過來吧？

先前那兩塊翡翠原石，要是切出玻璃種豔綠這種級別的翡翠，倒也還罷了。而現在這樣的情況，大家自然不會盡興。

王彪也很有擔當，他原本想要回籠資金的打算還沒有實現，手頭的資金不上不下的，乾脆再賭一把。

「王老闆，麻煩你叫幾個人和我一起去把那塊大的原石給抬過來吧。」王彪轉身對王老闆說。

而那位剛收下原石的商人，則沒有繼續切開來讓大家看個究竟的打算。一來，這裏是王老闆的地方，王彪也還要繼續切石，他自然也還想再摻和一回；二來，對於這塊原石，他心裏也有些沒底，更不好意思在這邊貿然切開了。儘管有其他熟識的人在起哄，他也只是笑笑，讓作坊裏的人幫忙把原石搬到了一邊，便閉口不語了。眾人見狀也不好勉強，反倒更加期待王彪的下一塊原石了。

在同一個地方，連續切開三塊原石，這樣的情景，還是比較少見的，尤其是三塊原石的價格都不菲。要是連續切漲了，還可以是貨主想要借點運氣，一路漲下去。可前面的兩塊，一垮一平，對於王彪這樣的商人來說，實際上可以算是兩塊原石都切垮了。

他竟然還有勇氣再切一塊，不得不讓眾人心裏佩服不已。

待到王彪和幾個人抬著兩百多公斤的白沙皮翡翠原石出現的時候，十幾個商人不禁都倒吸了一口氣。乍一看上去，這塊原石是老坑種的肯定錯不了，又是白沙皮，相對來說表皮較薄。如果真的能切出種水好的翡翠的話，只要稍微帶上那麼一點綠，那價值可就是幾千萬了。要是能出現綠色色帶，長度和寬度又夠的話，那就可能上億了。

尤其是整塊原石的形狀比較中規中矩，四平八穩的。這樣的形狀和大小，即便一面切出來的表現不夠好，也還有機會翻盤。不把整塊原石的表皮給剖開來，最終的結果都很難說，這就更增加了眾人的期待。

當然，要是裏面是成團的翡翠的話，品質又足夠好，那只需要切出一面，就完全可以依靠強光手電筒來判斷出整塊原石的內部情況。就像賈似道家裏的玻璃種帝王綠翡翠一樣，那種通透細膩的質感，在強光手電筒的照射下，可以看得很深。

「王董可真是大手筆啊。」郝董在一邊仔細地看了原石之後，情不自禁地贊了一句：「花了不少錢吧。」

「呵呵。那是自然。」王彪沒說具體數目，自然是不想透露了。不過，在場都是行家，根據王彪的口氣，尤其是原石的大小和表現，大致上能猜測出來，不然可就白在賭石行混這麼多年了。

「王大哥，這塊原石，難道也一刀切？」看到幾個人把原石抬到了切割機上，賈似道有些好奇地問了一句。

「當然不會了。」王彪對這塊原石還是很看好的，如果這一塊還是切垮了的話，恐怕在揭陽公盤上，他只能搏一兩塊，而不能大方出手了：「小賈，不如你幫老哥一塊兒擦石？」

「我？」賈似道搖了搖頭，「還是算了吧。」別人不知道，賈似道自己可是清楚自己有多少斤兩。這種時候，他可不會貿然出頭，心裏琢磨了一下，他說道：「不如請王老闆來幫忙吧。」

無論怎麼說，這麼大塊的翡翠原石，要先擦石的話，要花的時間可遠比切石長得多。等王彪一個人把翡翠原石給擦完的話，恐怕都要到後半夜了。雖然在賭石這一行，在後半夜切石、看貨，大家也都熬得住，甚至都已經有些習慣了，但現在這麼多人圍著，要是王彪還一個人擦石的話，終歸不太妥當。

不過，擦石的技術，說到底還是跟一個人的眼光有關。賈似道推王老闆出來，一來是王老闆經驗老到，二來，以賈似道的眼光看來，眼前這塊原石勢必會切出一個不錯的結果來，王老闆也就沒有了收購的可能。

於是，王老闆走到王彪身邊，兩個人對著原石指指點點，甚至邊上的商人也來湊熱鬧，提出各自的看法。眾人一陣忙乎，待到王彪和王老闆商定動手之後，大家卻一下安靜下來，整個作坊的角落裏，只剩下了擦石的聲音，撓得人心裏癢癢的。

賈似道看著王彪和王老闆的動作，都恨不得兩個人能夠快一些、再快一些。只是，石頭畢竟是石頭，擦石的時候又不能和切石一樣一刀下去就能見分曉，哪怕是一小塊地方，也需要擦上好幾個來回。如果能出現綠色倒還好，自然可以先不擦了，直接轉移，順著綠色的蔓延趨勢以及外表皮石頭紋理的走勢去擦旁邊的地方。但要是一片白色，只擦出了石質部分，那可就非常考驗一個人的判斷力了，尤其原石還不是自己的時候。王老闆也就更加小心，擦出來的部分只是略微泛白，上面浮現著一些淡淡的純白色，好似白棉，橫亙在原石表皮和內部的翡翠之間。王老闆立刻停手找王彪商量了。

好在王彪那一頭擦出綠色來了，而且還是頗為少見的豔綠。這麼一來，眾人自然紛紛把注意力轉移到了王彪那邊。對於王老闆負責的這一端，王彪也開口了，直接擦下去，反正這麼大塊的翡翠原石，裏面全部都是翡翠的機率太小。而事先商定的時候，兩個人所開始擦的地方，無疑是最容易出現綠色的。

現在擦石的結果一喜一憂。王彪那邊擦得起勁，王老闆這邊卻慢吞吞的，似乎是有意要等王彪自己過來擦一樣。

賈似道並沒有跟著眾人去看王彪那一邊，反而是留在王老闆身邊，看著他老練純熟的動作。這樣的經驗，可不是一般情況下可以得來的，自然是讓賈似道受益匪淺。即便賈似道有特殊能力的感知，大多數時候都不用擦石，但也可以在以後在眾人眼前擦石的時候，用來裝模作樣。

漸漸的，賈似道也看出了王老闆的用意，他刻意把自己擦石的地方局限在一個小範圍內，以免破壞更多的翡翠原石表皮。兩個人對視了一眼，會意地微微一笑。

王彪那邊圍觀的眾人，猛然間傳出「咦」的一聲，賈似道和王老闆也不禁頗為詫異地湊過去看起來。

只見王彪沿著外表皮的蟒帶，已經擦出了一條近三十釐米的帶狀，寬度大約在四五釐米之間，開始的時候，豔綠的顏色，格外顯眼，漸漸地卻隱沒到了原石的內部。顯然要比所有的綠色全部浮現在原石表皮要好得多。畢竟綠色帶只有深入到翡翠原石內部，才能形成一定規模，而結合原石表皮蟒帶的走勢來看，想要翡翠內部形成一團又或者成片的綠色翡翠，已經是不太可能了。

現在綠色帶狀在王彪停止的這個位置，已經完全隱沒不見。大家都看著王彪，等待著他做決定。郝董這時十分乾脆地開出了價格：「如果王董願意現在就停手的話，我願意出一千萬。」

王彪沉默著不開口。而賈似道很確定，王彪肯定會把整塊原石完全解開，表現好還是不好，王彪都應該會做這樣的決定。倒不是說王彪衝動，而是對於王彪來說，這塊白沙皮原石是他最後一搏的機會了。

如果切漲了，他就能成倍地收回投資，進而在揭陽公盤上繼續大方出手。如果切垮了，短時間內王彪應該會偃旗息鼓，等待他的公司出售部分翡翠成品之後再購進翡翠原料。

這也是王彪很放心地讓王老板擦石的原因。反正都是要切開來的，把表皮擦得乾淨一些，至少在接下來切石的時候就會少犯錯誤，不至於下刀時把帶狀的翡翠給切成小塊。

不過，光是眼前可以看見的這部分翡翠，是遠遠沒有一千萬的價值的。郝董敢於開價，無非是看好這塊原石內部的表現罷了。像王彪這樣的行家，自然更明白，應該把賭注下在哪一塊原石上更合適。就比如先前的那一塊，他當機立斷地選擇了收手。

這會兒，他卻選擇繼續擦石。在明白王彪的決心之後，圍觀的眾人也開始出手幫忙，就好像這塊原石是大家一起買下來的一樣，連王老闆這樣精明的人，擦石的時候也不再猶豫，而是加快了動作。

只有賈似道和少數幾個商人還站在邊上看著。賈似道琢磨著，這幾個商人和王彪恐怕不太熟吧？

待到原石的整個外表皮全部擦完，已經是將近一個小時之後的事了。

王彪甩了甩手，剛才手腕可沒少用力。在擦的時候，還沒覺得什麼，現在一停下來，就感覺到陣陣痠痛了。

當然，這也是因為王彪剛才擦的地方出現了綠色帶的緣故，一興奮起來，幹起活來自然就停不下來了。

王老闆示意讓人端來了茶水，大家開始喝茶休息。而王彪則繼續圍著原石察看。整塊原石的情況已經很明顯，一端的表現比較出色，竟然在表面就有三條綠色帶，顏色、質地也比較好，儘管其中的兩條綠色帶比較小，卻也讓人欣喜。

只要內部不變種的話，應該都是冰種豔綠的品質了，算是高檔翡翠料子。而另外一端，卻是死氣沉沉的灰白色，多為石質、白棉一類，連一點白霧都沒有，想要切出高綠翡翠來，實在是不可能。

至於選擇怎麼切開，就是王彪自己的問題了，其他人也不好插嘴，這個時候亂說話可是非常忌諱的。一般的解石，只有在最開始的時候，大家才會說上幾句，或者是原石的表現實在不好的時候，才會提出一些意見。

王彪對著原石左看右看，一時也皺起了眉頭。

三條綠色帶有點縱橫交錯的感覺，而且其內部的深入程度，無疑決定了這塊原石的最終價格。但是，要想現在就把三條綠色帶很完整地切出來，卻要很深的功夫。尤其是另外一端的形勢不太明朗的情況下，王彪還指望著這看得見的翡翠售出高價呢。

深吸了一口氣，王彪走到作坊的角落裏，拿起了小型的切割機。

賈似道的眼睛不由得一亮。顯然，王彪做出的決定，和賈似道在地下室裏解剖巨型原石時的選擇一樣，把纏繞在翡翠綠色帶周邊的不值錢的部分分割成小塊挖出來，即便損失一點，也要最大限度地保證綠色帶部分的完整。

只要綠色的沁入足夠深，哪怕其他部分的翡翠全部都被切割成小塊，王彪也能賺個滿盤。

而其他幾位商人看到王彪如此做法，表情可就各不相同了。

其實在擦石結束之後，賈似道就注意到，不少翡翠商人的神色有些患得患失。只有在見到好的翡翠料子的那一刻，大家才懷著對翡翠的喜愛之心，放棄對自身利益的思考。一旦回過神來，利益的誘惑又會讓商人們多慮起來。

王彪花了很長時間，終於把三條綠色帶翡翠都取了出來，整塊兩百多公斤的原石已經被剖開三分之二還要多了。倒不是說取出來的綠色帶有多麼長，而是因為原石的形狀是橢圓形，最長的綠色帶的深入方向卻幾乎貫穿到整塊原石最窄的那一頭，所以，剔除那些不太值錢的翡翠以及翡翠和雜質交雜的部分，剩下的還沒解剖出來的部分已經不多了。賈似道看了一眼，正是王老闆最先擦石的那一處。

至於已經切割出來的，則分成兩堆放在地面上。

這時，大家的注意力自然都集中在三條綠色帶翡翠上了。其中一條最小的，很明顯有變種的趨勢，一端是冰種的質地，漸漸的有點靠近玻璃種的質地了，而且顏色也頗為純粹，綠色非常豔，很濃翠，再加上王彪在解剖的時候，為了高檔翡翠原料的價值，寧願把邊上不純的翡翠給切割得小一些，也不願損壞綠色帶分毫。其長度大約有三十釐米，要不是其寬厚程度不夠製作手鐲的話，恐怕整塊原石最大的價值所在，就是這條最小的綠色帶了。

其他的兩條綠色帶，倒是可以製作成翡翠手鐲，但顏色卻不夠純粹，質地、水頭也不算太出色，只能算是普通冰種豔綠翡翠了，價格也會受到一定的影響。

如果這樣的翡翠製作成手鐲的話，恐怕二十多萬一只就已經到頭了。好在兩條綠色帶翡翠挺重，全部做成手鐲數量也不少。賈似道粗略估算了一下，三條綠色帶加在一起的話，出手一千五百萬左右，還是比較容易的。

剩下的切割出來的邊角料，自然是繼續賣給王老闆了。這裏的其他商人對於這些邊角料也看不上，王老闆開出來的價格也還算公道，一共八萬塊錢。

這塊白沙皮原石，讓王彪不但補上了先前兩塊原石切垮的損失，還賺了大約近百萬，也算是比較圓滿的一個結局了。

賭石一行，三塊原石中能有一塊切出高品質的翡翠來，已經是很高的機率了。足以證明王彪作為行家的眼光。十幾個商人圍著三條綠色帶翡翠，開始競價，氣氛是熱鬧了，但價格卻也沒有瘋漲。王彪自然明白大家的心理，沒有人會在這麼多行家面前瘋狂競價的。而且，現在揭陽翡翠公盤臨近，這些商人肯定不會把大量資金耗費在平洲。

討價還價之後，三條綠色帶翡翠最終分為三家被收下了。王彪有些擔憂的臉色，這會兒才算緩和下來。

本來賈似道也準備切石的，可以在平洲就把上手的部分翡翠脫手出去。尤其是那塊半開窗的翡翠原石，在見到王彪切石之後，賈似道實在是心裏沒底。只是大家在經歷了白沙皮翡翠原石的刺激之後，這個晚上想再讓他們看其他原石的切割，肯定沒有多大興趣了。

時間也已經很晚了，大夥兒便散了，賈似道和王彪一起，在王老闆的盛情挽留下，留宿在作坊後面的客房裏。

第五章

外表過於完美的原石

賈似道讓自己冷靜、再冷靜。
眼前這烏沙原石，不過是一塊普通的原石。
然而，隨著感知力的滲透，
腦海裏逐漸出現一種石質的感覺，
這感覺僅出現一剎那，薄薄的一片，
隨即似乎就有些彆扭了。

第二天一早，賈似道就被作坊裏的吵鬧聲吵醒了，他起來的時候精神還有些恍惚，好在他年輕，很快就恢復過來了。走出房間之後，他看到王彪竟然早早就起來了，他心裏有些奇怪，問道：「王大哥，你起得還真早啊，該不是又去鬼市了吧？」

「哪裏啊？」王彪笑著說，「我是年紀大了，也就不太容易睡熟了，不像你們年輕人，呵呵……」

吃早飯的時候，王彪匆匆吃了幾口，就說要先出去一趟，賈似道和王老闆自然不好問他有什麼事了。

賈似道問了一句：「王大哥，你什麼時候回來啊？」

賈似道的那幾塊原石還放在王老闆的作坊裏呢。不能說賈似道過於小心，而是賈似道是借著王彪和王老闆的關係，昨晚才把原石如此處理的。這會兒王彪離開了，而且王彪的原石昨晚又已經全部出手了，賈似道覺得自己再麻煩王老闆的話，實在是有些說不過去。

「嗯，大概要到傍晚吧。小賈，很抱歉，今天我是沒有時間陪你了。」王彪說，「不過晚上回來，咱再去看一次貨。白天你自己安排吧。找王老闆帶你逛逛也可以，他是個閒人。」

「那還是算了。反正我早上也是去賭石市場那邊看看，順便把昨天看中的幾塊毛料收下來。」賈似道看了王老闆一眼，他倒是樂意給賈似道帶路，至少去賭石市場逛逛是沒什麼問題的。不過，賈似道自己賭石的時候，還是儘量少和別人一起為好。

「這樣也好。」王彪點了點頭，「不過，昨晚那幾塊原石，就先放在王老闆這邊吧，運到酒店去反而不太安全。」

「小賈，你放心，我這作坊裏還是安全的。」王老闆說了一句。

賈似道也只能笑著答應下來。

當賈似道再次來到賭石市場的時候，忽然感覺到，也許是經歷了昨晚的切石，現在再看賭石市場上的原石，心裏竟然隱隱地有種失望的感覺。

真要說起來，賈似道家裏的原石，遠要比王彪昨晚開出來的白沙皮原石更出色，而賈似道以前怎麼就沒有現在這種感覺呢？是因為見識了王彪這種級別的翡翠商人，面對切石時的那種雲淡風輕的氣度？

賈似道長長地吐了一口氣，搖了搖頭，覺得自己的心裏有些堵。

面對昨天早上用特殊能力感知過的那些翡翠毛料時，尤其那些質地還不錯的，賈似道也只能耐著性子去和攤主們討價還價了。這賭石市場上的攤主們，嘴皮上的功夫可不是那些上門看貨的貨主們可比的。

就像一塊烏漆麻黑的十公斤左右的原石，賈似道和攤主砍了半天價，也不過是從三十萬砍到了二十八萬。把賈似道給鬱悶的，最後乾脆直接走人。

看出賈似道真的不想要了，這位攤主琢磨著這塊原石放著也是放著，漲不了太高的價格。而且最為重要的是，原石的表皮表現的確不怎麼樣，無非是依仗著坑種比較老，存放的時間又比較長而已。

當賈似道身子已經出了店門，攤主一臉陪笑地追了出來，對賈似道說：「這位小兄弟，價格可以慢慢談嘛。你說的十萬塊的價錢，也實在是太低了一點。不如你再添兩萬，十二萬怎麼樣？」

「十二萬？」賈似道苦笑著說，「你還是留著吧。我可沒這麼多時間在這裏耗著。」說著繼續邁動腳步。

「哎，先別走呀。」攤主咬了咬牙，狠下心來說：「十萬就十萬，成交了。」還嘀咕了一句，「沒見過在講價的時候，講不下來就直接轉身走的，而且還一分錢都不加，不是浙江那邊來的人吧？」

賈似道才懶得理會他嘀咕什麼呢，為了一塊可要可不要的原石，花太多時間不值得。他當即和這位攤主一起到了賭石市場邊上的銀行，支付了十萬塊錢，完成了交易。

至於原石，賈似道倒是沒有隨身帶著。他在賭石市場上要多逛一陣子，本著儘量多地把看上眼的原石收過來的原則，賈似道空著手逛悠，交易後的原石先放在原來的店鋪裏。等到要離開的時候，再找輛車過來一起運到王老闆的作坊去。賭石市場上像賈似道這樣做的人還不少呢。

而這些質地各樣、大小各異的原石，賈似道也說不上是不是肯定能賺上一筆，至少質地都是很不錯的，起碼也是冰種級別。要不然，萬一開出來是無色又或者顏色不夠純，那可真就血本無歸了。

昨晚王彪最初切開的兩塊原石的慘相還歷歷在目呢，也由不得賈似道不小心。所以今天出價的時候，賈似道使勁壓價，幾乎每一次交易都像打口水仗一樣，累得很。

不過，隨著收購的原石不斷增多，賈似道倒是忽略了最初的迷茫，轉而沉浸在收購之中了。如此大範圍的撒網，賈似道琢磨著，總應該能給自己撿到一兩塊高品質翡翠吧？

就像玻璃種的豔綠翡翠，只要出現一塊，他一個早上所有的花費就能夠全部賺回來了。

當然，別看整個賭石市場上高品質的翡翠原石比較少見，但是每天的交易量還是很大的。賈似道收上手的翡翠原石是不少，但相對來說價格也便宜。他花的那幾百萬，扔在整個市場上，也不見得能惹出多大動靜來。倒是他大肆收購的舉動，到了後來，被不少攤主給盯上了。

這些攤主們，一邊盼著賈似道能看上他們攤位上的翡翠原石，一邊又埋怨賈似道小氣到家了。因為在後來的收購中，賈似道也變得精明了。看到好料的時候，都是一口價，幾乎沒有還價的餘地。用賈似道的話來說，那就是愛賣不賣！

尤其是有幾次，當賈似道真的因為價格原因而放下已經看上了的翡翠原石，直接轉身離開之後，其他攤主倒也明白了賈似道的風格。賭石市場上的消息傳得就是這麼快，不要說是賈似道這麼個性的表現了，就是哪家攤位上當場切漲了一塊原石，用不了幾分鐘的時間，就可以傳遍整個賭石市場。這樣一來，倒也給賈似道省去了不少砍價還價的麻煩。

當然，要是誰切垮了原石，就沒什麼好傳的了。賭石行業向來是傳好不傳壞。一來，切垮的實在是太多了；二來，如果到處都是傳言有人賭石切垮了，又怎麼會有更多的新手投入到賭石行業之中呢？

匆匆吃過中飯，賈似道一算自己收上手的原石，竟然已經有三四十塊之多，錢也花了兩百多萬。

賈似道把所有的原石都運到了王老闆的作坊，跟王老闆交代了一聲。王老闆還特意騰出一個角落來給賈似道存放呢，好在只是放這麼一兩天時間，也不算太占地方。

讓王老闆有些好奇的是，賈似道一個上午賭回來的原石，竟然全部都是沒有開過窗的，這在平洲的賭石市場上算是奇蹟了。要知道，平洲賭石市場和雲南那邊最大的區別，就是這邊的開窗料比較多。而且，以王老闆的眼光看來，賈似道收上來的原石，大部分是不太被看好的，也難怪王老闆看賈似道的眼神都有些怪怪的了。

賈似道也不解釋，只是淡淡地笑了笑，難道他還能說是因為全賭毛料比開窗的毛料便宜才買的？

下午，賈似道一個人走在平洲街頭。說是觀光吧，其實也就是這麼回事，無非是看看商店裏的翡翠成品。真要論到風光，也沒什麼特別的。這時賈似道有些感歎，自己畢竟是賭石行業的新手，要不然，有線人帶著去一些藏家家裏看貨，倒是不錯的選擇，總比在街上漫無目的地瞎逛要強。

賈似道正尋思著是不是要聯繫一下王彪，讓他給介紹個線人的時候，忽然聽到身後似乎有人在喊自己，這讓賈似道心裏有點奇怪，在平洲這樣的地方，除了王彪、王老闆之外，還會有其他人認識自己嗎？

賈似道轉身一看，就見到一個胖乎乎的身影，原來是郝董。而他的身邊還有一位翡翠商人，是昨晚見過的，隱約記得他自我介紹的時候，說是姓董，來自香港。

至於要不要喊他為「董董」，賈似道倒是沒有考慮過，還是喊人家「董經理」比較合適。

讓賈似道頗為詫異的是，在郝董和董經理的身邊，還有三個他認識的人。其中一個女子穿著白裙，長髮披肩，身姿優雅，尤其是她的氣質，很有古典美的風韻。一時間，賈似道有些回不過神來了。

「來，小賈，我給你介紹一下，這幾位還是你的同鄉呢。」郝董看到賈似道的表情有些愣愣的，還以為是他看到美女的緣故。沒辦法，就是郝董自己，在剛一見面的時候，也是如此神態。大家都是男人，郝董自然是理解的，連他都有點受不住誘惑了，何況賈似道這樣的年輕人？

「這位是金總，寧波人。這位是楊總，台州人……」郝董正準備介紹那位美女時，賈似道卻回過神來，對著那女子一笑，說道：「嫣然，你好，又見面了。」

這一行三人，還是賈似道在雲南就遇到過的。唯一沒來的，就是杭州的李詩韻了。

「原來你們認識啊。」郝董一愣，笑著說：「那就更好了，省得我介紹了。小賈，你在這裏做什麼？我還以為你會在賭石市場呢。」

「我早上剛去過那邊，這會兒沒事瞎逛呢。」賈似道雖然知道嫣然一貫態度淡漠，但是賈似道都問好了，她也只是客套地點了點頭，讓賈似道心裏微微有些失望，再看看嫣然身邊的楊總和金總，心裏有說不出的彆扭。

「看來小賈早上的收穫不小啊。」董經理客氣地說了一句。

「也沒什麼，和董經理您比起來，我這是小打小鬧了。」賈似道說。

大家又聊了幾句，嫣然一直神色淡然。再看金總和楊總侃侃而淡的架勢，賈似道下意識地摸了摸自己的鼻子，畢竟這是在街上，幾個人的關係也算不得很熟絡，他問了一句：「幾位這是要去賭石嗎？」

「是啊。」楊總知道賈似道是臨海人，但卻很少聽到賈似道的名字，一連兩次在賭石市場遇到賈似道，也頗有些意外。而且，賈似道和嫣然認識，在楊總看來，他和賈似道也算得上半個熟人了，他邀請道：「小賈，你也是玩這一行的，既然碰到了，不如一起去看看？」

「這，不太好吧？」賈似道心裏一動，神情卻有些猶豫。

「一起去吧。反正就是過去隨便看看。」董經理笑著說了一句，「而且就是在前面不遠，走幾步就到了。」

賈似道這才點了點頭。難怪這幾人都是走路過來的呢，原來已經到地方了。不過，這裏是商業街，儘是翡翠成品商店，哪有什麼賭石的地方啊？轉念一想，這裏可是平洲，心裏也就釋然了。

嫣然一行三人是昨天傍晚剛到平洲的，和賈似道、王彪不同的是，他們今天早上沒有去鬼市那邊逛，而是在酒店裏休息，養足了精神，連賭石市場都沒有去。因為楊總和董經理是原本就熟識的，聯繫上之後，便讓郝董介紹幾家好一點的翡翠毛料店鋪。這不，剛出來呢，就遇到了賈似道。

不過，賈似道的心裏卻在猜測著，要是真有什麼好的翡翠原石的話，以郝董掌握的消息，恐怕早就自己先下手了，又怎麼會輪到楊總幾個人呢？只是這些也是賈似道的猜測，不好說出來。興許這一趟還真能見識到什麼好的原石呢。賈似道正打算找個線人看貨，既然幾個人邀請了，也不妨跟著他們看看再說。

走了大約半里路，幾個人一道走進了一家翡翠商店，幾個服務員看到郝董，應該是熟識的，臉上頓時滿是笑容，立刻喊出了老闆。隨後，老闆請幾個人一起進了店裏的會客室。

老闆姓周，身材和郝董差不多。

郝董笑著介紹了隨行的人，周老闆客氣地招呼眾人坐下，氣氛融洽。只是周老闆的眼神，卻在嫣然的身上多停留了一會兒。眾人見了，連帶著嫣然自己，不由苦笑一下，似乎都已經習慣了。

服務員端上來好茶，賈似道自然品不出是什麼茶，郝董讚了一句：「好茶，真是好龍井啊！」

周老闆笑笑，臉上的肉幾乎擠到了一塊兒，瞇著眼睛說：「幾位可是貴客，新結識了幾位朋友，我也很高興啊。」

周老闆出去喊了兩個人，抬進來兩塊翡翠原石，放在會客室中間的方桌上，說道：「各位請看，這兩塊翡翠毛料，可是我一個老朋友從緬甸那邊弄回來的，出產於帕敢龍山場口。我看著不錯，才從我朋友那邊要了過來，想必幾位看了也一定會滿意。」

不用周老闆繼續介紹，本來就是來看貨的楊總、金總，自然立刻就圍了上去，仔細察看起來。嫣然卻很淡定，依然安坐著不著急，她心裏很明白，即便楊總、金總真的看上了翡翠原石，她也還有出手的餘地。

倒是郝董和董經理，只是在邊上坐著聊著天，連看都不看翡翠原石一眼，還和周老闆有一搭沒一搭地聊著，賈似道心裏有點好奇。莫非郝董還真的就是來幫楊總牽線搭橋的？以郝董的身分而言，實在是不應該呀！

「小賈，你怎麼不去看看？」董經理怕冷落了賈似道。無論怎麼說，幾個人也是一起過來的。

「呵呵，不著急，現在不是有人在看嘛。」賈似道應道，說完還隨意一瞥楊總和金總那小心翼翼的樣子，他們一人一塊原石地察看著呢，也許是看到什麼讓他們好奇的地方，臉上的神情在不斷地變化著。

「怎麼樣？」等到楊總、金總察看完畢，周老闆笑盈盈地問道：「這兩塊原石可絕對是老坑種的。我那個朋友收上來的時候，據緬甸那邊的貨主說，已經壓了幾十年了，每一塊都有上佳的表現。」

那話裏的意思，自然是希望楊總和金總開出一個高價了，也在為自己接下來的砍價造勢。

楊總和金總卻笑而不語。這時，嫣然才走上前去，仔細地看了起來。

此時的嫣然，長髮盤在腦後，簡單地插著一支簪子。臉上神情很認真，舉手投足之間讓人看得賞心悅目。這樣一個端莊典雅的女子，走到哪裏都是焦點。

周老闆有些詫異地看了一眼楊總和金總，又看了看郝董和董經理的表情。恐怕此時的他，心裏正嘀咕著，該不是這一趟的主要購買力，是眼前這個美女吧？

賈似道卻下意識地搖了搖頭。這應該是楊總幾人故弄玄虛搞出來的陣勢，要說真有好的翡翠毛料，楊總會把機會讓給嫣然的話，打死賈似道也不會相信。最多也就是原石的品質不好不壞的時候，讓嫣然出手搏一搏罷了。

從嫣然的表現來看，她不是不懂賭石，在賈似道的印象裏，嫣然一直就是賭石高手。無論是在「周記」裏賈似道初次接觸賭石的時候，選中了嫣然挑選出來的三塊原石中的一塊，並且切漲了，又或是在雲南的相遇，嫣然憑著一塊原石從劉宇飛手中賺取了幾百萬，都足以說明，在賭石上，千萬不要小看一個女人。

當然，倒不是說玩賭石的女人就只嫣然一人，只不過大多數都是男人，這綠葉叢中的一點紅，勢必會惹人注目。就好比賭場裏的賭徒，一定是男性居多。

也難怪周老闆在看到嫣然煞有介事的舉動之後，微微有些發愣了。

而嫣然對於眾人的這些反應，自然是心知肚明。不過大家嘴上不說，她也不會刻意地解釋。賈似道總覺得她和金總、楊總之間，似乎有一種非常微妙的關係，這就是一個美麗女人的資本。

賈似道看到楊總、金總退了幾步，桌上兩塊翡翠原石的邊上空出了一個空位，賈似道也上前幾步，跟著嫣然一起察看起來。

其中比較小的原石，大約有二十公斤左右，黑中帶著一點灰色，而且風化的情況比較嚴重，由此看來，周老闆說的有些年頭了，應該錯不了。表皮上的坑窪處，有些露出來的質地，還算比較細膩。在原石的一角，還開了一個四五平方釐米的小窗，透出一些翠綠來。

嫣然現在所察看的，正是這個窗。嫣然手中的強光手電筒緊貼在窗口部分，向裏面探著光，賈似道站在她的邊上，只要低頭一看，就可以看到窗口部分透露出來的綠意比較純粹，還稍微帶有一點黃，正是比較少見的陽綠。而手電筒的光線竟然可以穿透進去兩釐米左右，都沒發現有什麼雜質，足以說明這塊原石的水頭很好，質地則是冰種，有著非常強的賭性。

以這塊原石這麼良好的表現來看，要是放在賭石市場上的話，恐怕在很短的時間內就會被買家收購吧？

賈似道在注意到原石的窗口之後，視線很快就被嫣然的手所吸引。倒不能說賈似道這會兒心不在焉，在他想來，即便原石再好，也輪不到他出手的，還有金總、楊總在虎視眈眈呢。他可不會在這樣的地方用自己的資金來和這兩個人做一番拚殺，這樣的話，最後只能便宜了周老闆。反倒不如欣賞嫣然的纖纖玉手。誰讓那雙手如此吸引人呢？儘管嫣然不是在刻意地顯示著修長的手指。賈似道注視著那雙手，心中的欣喜就好像是看到極品翡翠一樣。

嫣然很快就察覺到了賈似道的目光，她收起強光手電筒，連看也沒有看賈似道一眼，很自然地用放大鏡察看起原石的其他部分。

隨著她手上動作的改變，賈似道的目光自然不好意思再盯著了。所幸邊上還有一塊更大的翡翠原石，是全賭毛料，足有五六十公斤，呈橢圓形，竟然是一塊烏沙原石。

賈似道知道，即便是十賭九輸，但是，賭得多了，多少還是有一些規律可言的。就好比眼前的烏沙原石，就是比較好的品種之一。如果兩塊原石其他情況都類似的話，那麼烏沙表皮的原石自然可以要價高一些。無非是因為烏沙石的傳奇：這種烏沙石特別容易出極品翡翠。

市場上的極品翡翠非常罕見，但是，出現的極品翡翠之中，很多都出自於烏沙原石。這就讓人們對這種原石趨之若鶩了。尤其是隨著近些年的炒作，烏沙原石的價格一路走高，幾乎成了翡翠原石中的極品。

當然，不同產地的烏沙石，價格也是不同的。畢竟，賭石的第一步，就是判斷一塊翡翠原石的場口。場口不同，其內部可能出現的翡翠的種色自然也不會相同。越是著名的場口，其出產的上等烏沙石價格也就越高。哪怕原石表皮的表現一般，幾乎也能夠賭出天價來。

老帕敢、後江等場口，其出產的烏沙石就非常出名，較差的像南奇場口之類的，價格稍低一些。

而眼前這一塊，無論是周老闆的介紹，還是其真實的表現，都帶有很典型的老帕敢場口風格：石質細密，表皮很薄，呈灰黑色。更為難得的是，以這塊翡翠原石的大小，要是真的切出翡翠來，其價值很容易就可以突破五千萬，如果切出來的翡翠顏色足夠好的話，甚至上億也不在話下。

想到這裏，賈似道察看的動作也變得小心了許多。還沒等賈似道看上幾眼呢，原石表皮帶來的驚喜就接二連三地到來。

烏沙的表皮自然是和它的名字一樣，皮黑似漆。要是上面出現白色蟒帶的話，更說明內部有很大的可能會出現高翠，比如豔綠、陽綠甚至是帝王綠的翡翠。

而眼前的這塊烏沙原石，不光有明顯的蟒帶，在蟒帶之上還有散落的松花，有幾處還擰得很緊，這可都是能出現極品翡翠的表現。

不過，緊接著，賈似道就強迫自己冷靜下來。賭石的時候，千萬不能被簡單的表像所迷惑。表現如此好的翡翠原石，為什麼周老闆自己不切開？為什麼會是全賭毛料，而不開窗呢？

無論是哪一種情況，其他人要想獲得這塊翡翠原石，就勢必要付出天價了吧？周老闆這樣的人，不可能不知道烏沙原石的玄虛。

這會兒再回想起楊總、金總察看這塊原石之時小心翼翼的舉動，賈似道倒是有些明白過來是為什麼了。原來這兩個賭石一行的老手也心裏沒底啊。

因為這塊翡翠原石的表現太好了，好得讓人難以置信！有時候，東西太過完美，也是一種缺陷。

不要說賈似道了，就是楊總、金總，恐怕也在心裏懷疑自己的判斷吧？尤其是這種賭性非常高、表像非常好的翡翠原石。在沒有遇到的時候，心裏總是盼著自己有這樣的機遇，而一旦遇到了，又開始懷疑自己的運氣。

深深地吸了一口氣，賈似道開始用自己的左手感應起來。要是裏面真的有質地良好的翡翠，那麼賈似道相信現在這樣的情況下，他還是很有機會拿到這塊原石的。只要有希望，任誰都不會放棄賺上一筆的機會。

賈似道的注意力完全地集中在自己的左手上，因為原石的個頭不小，重達五六十公斤，質地又是非常細膩的烏沙石。即便賈似道最近特殊能力已經運用得非常純熟了，但是碰到大的原石，還是需要小心一些，不要弄得筋疲力盡才好。另外，由於原石的表現過好，此時賈似道的情緒有些激動，恐怕對於特殊能力也有著一定的影響。

賈似道儘量地讓自己冷靜、再冷靜。他不斷地告訴自己，眼前這塊烏沙原石，不過是一塊普通的原石而已，不需要太過認真。然後，隨著感知力的滲透，他的腦海裏逐漸出現一種石質的感覺，不過，這種感覺僅僅是出現了一剎那，薄薄的一片，隨即似乎就有些彆扭了。

在特殊感知能力的滲透之中，突然遇到了一個空間的縫隙，出現了一段憑空出現的截面，很狹窄、很光滑。這讓賈似道心裏大吃一驚，頓時，一個大膽的猜測浮現出來：莫非，這塊翡翠原石，已經被人切開過？

賈似道的第一反應就是瞥了一眼在周老闆身邊小聲說著什麼的郝董和董經理。他們兩個人在這一次的交易中，扮演著什麼樣的角色呢？不過，賈似道自然是看不出什麼來。

賈似道心裏那種看到極品原石所產生的激動，完全消失了，左手的感知力開始重新回歸到平穩緩和的狀態，賈似道的腦海裏感覺到的竟然都是石質，沒有翡翠出現，估計這就是一塊廢料了吧。

賈似道的心裏這麼想著，不過，為了判斷出這塊原石究竟是不是被人切過的，賈似道在這方面格外注意了一下。他再把自己的感知力擴散開來，滲透到整塊原石的表皮處，整塊原石的情況就變得清楚起來。

原石裏除去賈似道最先感應到的那一個地方，竟然還有多達五六處的切面，儘管都已經恢復得很緊密了，如果用肉眼看的話，自然是察覺不出來的，但是在賈似道的特殊能力感知之下卻無處遁形。而更讓賈似道感歎的是，在這幾個切面旁邊的部分都是石質，沒有一點翡翠。

只有在原石中心偏上大概十釐米處，有兩個拳頭大小的區域才是翡翠，質地也還不差，介於冰種和玻璃種之間。

這樣一來，賈似道對於這塊原石就難以取捨了，究竟是要還是不要呢？

收回自己的左手，賈似道心裏正琢磨著呢，忽然瞥眼見到嫣然投過來的好奇眼神，賈似道頓時心裏一顫，下意識地甩了甩自己的手，訕訕地笑了一下，轉身回到座位上，什麼也沒說。

別看賈似道表面上裝著若無其事的樣子，但是在嫣然的目光之中，賈似道可以感覺到一絲困惑，似乎在那一瞬間，他整個人在嫣然面前無所遁形了，赤裸裸地站在她的面前，連帶著他的精神和注意力，都開始潰散。

賈似道不知道嫣然在看到他的舉動之後，會有怎麼樣的猜測，也不知道嫣然看了他多長時間。

好在賈似道坐下之後，又看了看嫣然的神情，她卻沒有表現出太多的詫異，其他人更是對剛才的一幕沒有注意。但賈似道在心裏不斷地告誡自己，以後使用特殊能力的時候，要小心一些，更小心一些。

即便這個世界上不會有人直接懷疑到他擁有特殊能力，但是，小心一點終歸不會錯。

賈似道伸出自己的左手看了看，手指上的青紋依然清晰，甚至還透著一絲詭異，一時間他有些出神了，是不是該戴上戒指掩飾一下呢？或許用翡翠製作一個指環是個不錯的選擇。

待到嫣然看完兩塊原石之後，眾人心裏都知道，講價的重頭戲來了。不過，嫣然並沒有和金總、楊總商量，只是一個人坐回了自己的位置上。真要參與賭石的話，不是靠關係就夠的，最終還要看各自的眼力和魄力。

也許是看到三個人的舉動以及賈似道那泰然處之的表情，周老闆不禁有些著急地開口問了一句：「難道這兩塊毛料，幾位還看不上眼？」問話透露著周老闆對於自己這兩塊原石的強大信心。

楊總眼神閃爍了幾下，琢磨了好一會兒，看到郝董和董經理都沒有插手的意思，才開口說：「還是請周老闆先報個價吧。」

一時間，金總、嫣然的目光，也跟著楊總一起看向了周老闆。這麼一來，周老闆心裏有底了，他笑著說：「這兩塊毛料，可都是帕敢龍山場口的老料，現在市場上這種老坑種絕對少見。尤其是外表皮的表現，我想幾位也看得很清楚了吧？」

看到周老闆大有繼續鼓吹的意思，金總按捺不住，示意了一下，說道：「看得到的，大家心裏自然都清楚，周老闆還是直接開價吧。」

「嗯，那是，那是。」

周老闆的臉上滿是笑意，不疾不徐地說：「這小塊的毛料，自然是冰種陽綠的翡翠了，而且皮薄料多，挖十幾對鐲子出來完全不成問題。看在大家是初次生意，又是郝董介紹的，我也不多要，就五百萬怎麼樣？」

「貴了。」楊總表了態。

「呃！」楊總乾脆俐落的回答讓周老闆不由得一愣，隨即笑道：「這塊烏沙原石的價格，自然要高一些了。要是沒有兩千萬的話，我寧願自己切開來。」

說話時，他臉上的肥肉還微微有些顫著，似乎他說出這話來，下了很大的決心一樣。

「兩塊毛料，周老闆給的價格可都不低啊。」楊總淡淡地回了一句，他再次走到烏沙原石的邊上，不動聲色地看了看，而金總和嫣然自然也跟了上去。

賈似道看得出來，三個人對於這兩塊原石還是頗為心動的，尤其是對烏沙原石。

金總和楊總要是要了烏沙原石的話，賈似道自然不會多說什麼，但要是嫣然要出手呢？

好在賈似道的擔心並沒有成為現實，金總和楊總再次仔細地看了眼前的兩塊原石之後，兩個人便開始小聲商量起來。似乎是在商量著由誰來收下烏沙原石，又由誰來收下開窗的那一塊。

不過，就在賈似道剛放下心來的時候，兩個人卻又靠到了嫣然的身邊，似乎是在詳細地詢問嫣然的意見。三個人之間的談話並沒有讓其他人聽見，這讓賈似道心裏更加好奇起來，這三個人之間會是什麼樣的關係呢？

不要說賈似道了，就是周老闆、郝董和董經理，嘴角也流露出一絲苦笑。要是到了這個時候，幾個人還看不出金總、楊總對嫣然有意思的話，這幾個人壓根就不用在商場上混了。

不一會兒，楊總轉過身來，對周老闆說：「周老闆，賭石一行的風險，大家也都清楚。你剛才開的價格也實在是太高了。如果對半的話，我想這兩塊原石我們都可以收下來。你看怎麼樣？」

「對半價？」周老闆瞇起眼睛考慮起來。

這個時候，屋裏很安靜。賈似道悄悄地看了郝董一眼，隱約覺得這塊烏沙石可能和郝董有著莫名的關係。誰讓這會兒周老闆不經意地看了郝董一眼呢？

倒是郝董身邊的董經理神情沒什麼變化，賈似道也不知道他在這其中扮演著什麼角色。

「對半價，本來看在郝董介紹的面子上，我應該答應下來的，我不妨給幾位交個底。這個價格，我還能小賺一點。可是這兩塊毛料的表現擺在眼前，風險自然是小了很多，幾位肯定也對這兩塊毛料充滿了信心。這其中的賺頭，就不用我多說了吧？」周老闆說，「如果幾位真的是有意思收下的話，就出七成的價錢，怎麼樣？」

「七成還是風險太大啊。」楊總沉吟道。該說的，他都已經說過了，沒有什麼要補充的了，而且周老闆所說的也是實話。反倒是金總站了出來，還價道：

「大家做生意都不太容易，而且這也是我們到平洲之後的第一筆生意，周老闆，你看能不能就把價格定在五成呢？」

「既然說到做生意不容易了，幾位想必也知道，我從朋友那邊把這兩塊毛料收過來，也費了不少工夫。」周老闆輪流打量著眼前的三個人。

「這個……」金總一時倒也不知道說什麼好了，砍價講究的就是針對弱點進行攻擊，這塊原石的表現過於完美，金總三人自然是處在弱勢了。

「小賈，不知道你對這兩塊原石怎麼看呢？」周老闆看氣氛有點僵，不禁問了賈似道一句，轉移一下話題，也好緩和一下氣氛。

「價錢太高了。」賈似道攤了攤手，表示自己無能為力。

不要說是兩千五百萬了，即便是楊總三人所希望的五成，也就是一千兩百五十萬，賈似道都不可能出手。不是口袋裏沒錢，而是沒有那個必要，既然已經大致知道烏沙石的內部情況了，賈似道可不願意蹚這一趟渾水。

只是，賈似道的一句「價錢太高了」，似乎給金總這邊增加了一點砍價的分量。

於是，在接下來的交談中，金總和周老闆針鋒相對，最後金總終於把價格砍到了六五折。

「怎麼樣？如果幾位沒有什麼問題的話，馬上就可以交易了。」

周老闆笑著說：「如果資金暫時不夠的話，可以緩一緩，明天之前，這兩塊毛料我一定給幾位留著。但是，這價格已經很低了，可不能再少了。」說完，他還看了一眼邊上的郝董，似乎是在說，人是郝董帶過來的，他也是看在郝董面上才妥協的。

這麼一來，金總和楊總有點下不來台了。

第六章

高級作偽痕跡

第二刀下去後，眾人的臉色又變了。
誰也不知道，這短短一瞬間的轉變，是朝著哪一個方向。
原石切面上，出現了原先就有的細直的切割痕跡，
這讓楊總和金總的神色變得頗為凝重起來。

「周老闆，你可是看走眼了哦，這幾位的身家，可不比我來得少啊。」郝董自然明白金總和楊總的不滿，笑呵呵地說了一句。

而金總、楊總的身後，一直沒有說話的嫣然，這會兒聞言後卻蹙了蹙眉頭，別有一番魅力且不說，她的心意大家也都可以看得出來，對於六五折的價格，她顯然還是覺得貴了一些。

楊總和金總對視了一眼，兩個人湊到一起，商量了一下。

周老闆也不催促，見到金總和楊總在嘀咕，他心裏明白，這價格很有可能成交了。

「怎麼樣，兩位怎麼看？」待到兩個人恢復了淡定的神情，周老闆才頗有自信地問了一句。

「周老闆，我們商量了一下，覺得不如湊個整數，六成，剛好一千五百萬，怎麼樣？」兩人猶豫了一下，還是楊總站出來說道：「頭次生意，我們也是看好了這兩塊原石，才敢於出這個價錢的。」

「六成啊……」周老闆猶豫了一下，這可是幾百萬的差別啊，他看了嫣然一眼，說道：「我看幾位是合作購買的吧，你們不再商量商量？說句不好聽的話，三個人分擔賭石的風險，即便賭垮了，也沒有多大的虧損吧。」

因為賭石的風險性太高，資金的投入又過大，一些賭石商人會幾個人湊在一起，大家合夥賭石，賺到的錢根據出資的多少來分，而虧損了的話，也可以把個人的損失降到最低。

揭陽那邊的翡翠商人很多都是合作購買的，甚至是整個村子裏的人全部合夥，一起出資賭下價值上億的原石。即便是不懂行的人，也可以直接入資，讓懂行的人去賭。

這也讓揭陽地區的翡翠商人們逐漸地走出了一條合夥賭石的路子來。直至今日，揭陽地區翡翠市場發展的規模，幾乎都要超過雲南那邊的幾個城市了，資金量也是越來越大。

這裏雖然是平洲，距離揭陽卻不遠。對於金總、楊總、嫣然三人的打算，周老闆一開始就能看得出來。他先前一直不說，無非是想要等到最後給三人下一劑猛藥，以求獲取最大的利益罷了。

而情況果然如周老闆所猜測的那樣，他的話剛說完，不露聲色的嫣然也頗為詫異地看了他一眼。楊總猶豫了一下，回頭看了嫣然一眼，然後和金總嘀咕了幾句，就走到嫣然的身邊，再次商量了起來。只是這一次的商量，似乎出現了意見上的分歧。

這麼一來，周老闆的神色不禁顯得有些怪異起來，可能他心裏正嘀咕著，該不會是弄巧成拙了吧？

賈似道看著也皺了皺眉，心裏猜測著嫣然在三人中的出資究竟占著多大的分量。只是他也不好出言勸阻，如果是嫣然一個人出手收購的話，他或許還能幫一下忙。畢竟，賭石場上正在談價格的時候，賈似道也不好做得太過分，壞了規矩。

更何況，兩個人非親非故的，賈似道也沒有什麼理由插手，不如先看看情況再說。倒是郝董和董經理這會兒的神色頗為淡然。

待到楊總再次面對周老闆的時候，似乎失去了耐心，直接出價一千六百萬，與周老闆的六五折的價格其實已經非常接近了。

僵持了一會兒，周老闆就點頭同意了。正當他以為交易要完成的時候，楊總卻提出來，這麼大筆的交易，他需要現場切石！

這個要求著實把眾人給震撼了一下。

賈似道看了看神色有所觸動的郝董、董經理以及周老闆，嘴角的笑意終於肆意地蔓延開來。看來，能在賭石這行混得長久，並且混出一點名堂來的，都不是簡單的人啊！

在賈似道的印象裏，楊總的賭石眼光在臨海一帶是頗為出名的。尤其是他還有一個「天啟珠寶」，這樣的規模，絕對不會是憑空得來的。而金總的手段，恐怕也不會太弱吧？

現在楊總忽然提出來的要求，自然是對這兩塊原石產生了一些懷疑。尤其是郝董和董經理的實力，楊總應該是比較瞭解的，但是，這會兒這麼好的原石就擺在眼前，而兩個人竟然都沒有參與競價，實在是出乎了楊總的意料。要是說郝董會因為幫朋友牽線，而不好意思出手的話，這樣的猜想只能是自欺欺人。

於是，楊總提出現場切石，也就不足為奇了。雖然，那種賭到好毛料之後小心翼翼帶回家仔細觀摩再切開的事情，楊總經歷得並不少，但是現在最為重要的是確定原石的真實性。如果發現是造假的話，雖然交易的錢，楊總是拿不回來了，但是當眾切開來，無疑是直接給周老闆打臉。

商人雖然以利益為重，但也同樣很注重自己的信譽。要是周老闆的這兩塊原石出了問題，不要說他自己的名聲了，就是介紹人郝董以及董經理，恐怕也會受到影響吧？

難怪聽到楊總的話之後，那三個人的臉色都有些難看了。

「這個，不太妥吧？」周老闆猶豫了一下說，「我這店裏，小型的切石工具倒是有，但是這塊烏沙原石這麼大，恐怕沒有辦法完全解開來。」

這也是實話。在剛才幾個人進來的時候，賈似道就注意到了，周老闆的店的規模在平洲而言，還是比較普通的。一般要切石的話，都會轉移到翡翠加工作坊去，就像是王老闆所開的作坊一樣。

「沒關係，反正現在時間還早。幾位要是有興趣的話，不如跟我一起到旁邊的作坊裏看個究竟如何？」楊總淡淡地說了一句。

這麼一來，周老闆和郝董等人即便心裏不願意，也不好當場就拒絕了。楊總的邀請無疑讓他們有點進退兩難。最後還是郝董有氣魄，他看了一眼猶豫的周老闆，說道：「周老闆要是店裏沒有什麼事的話，不妨跟著一起去看看吧。我對這兩塊原石也很好奇。」

說到這裏，看到楊總幾人的不解有些困惑，郝董解釋道：「你們也知道，我在平洲也已經待了不少日子了。兩天前周老闆就請我來看過這兩塊原石了，只是當時因為價格的問題，我對這兩塊原石有點不敢下手。所以，我就琢磨著等到揭陽公盤結束之後再過來看看。今天楊老弟你提起來要看貨，我自然是想到這兩塊原石了，就帶你們過來看看。」

「這麼說，我們來倒是搶了一筆郝董的生意啊。」楊總說了一句。

「哪裏，哪裏，話可不能這麼說。」郝董感歎了一句，說道：「我是不敢下手啊，即便到了今天，還是依然不敢下手，比不得你們的魄力。不過，說實話，對於這兩塊原石內部究竟是什麼樣的，我心裏是非常好奇的。」

「那正好，大家就一起過去看看吧。」楊總又轉頭看了看賈似道，露出詢問的眼神。

「我也沒事，一起過去看看吧。」賈似道說，「雖然沒有機會擁有，但是看過即擁有嘛。」

「呵呵，小賈，你倒是看得開啊。」郝董贊了一句。

不管這原石切石的結果如何，像賈似道這樣先說上幾句好聽的話，總不失為一個好彩頭，沒有誰會不願意聽的。

周老闆喊來人，抬著翡翠原石，跟在楊總後面，眾人一起到了旁邊的翡翠加工作坊，才幾十米的路。作坊裏和王老闆那邊大同小異，作坊老闆看進來的眾人，就知道該怎麼做了。

說起來，每天前來作坊切石的客人並不少，他只不過是在做加工生意的同時賺一點外快，反正切割機放著也是放著。

楊總、金總和嫣然湊在一起，先對著兩塊原石討論了一陣，決定還是先切小的這塊開過窗的原石。

賈似道也很好奇。這一塊原石，他並沒有用自己的特殊能力感知過。看到不管是周老闆還是郝董，都露出了凝重的神色，賈似道心裏明白，看來這種患得患失的感覺，大家都是一樣的。

直到此刻，賈似道才忽然感覺到，自己在擁有了特殊能力之後，賭石的樂趣也少了很多。

切石開始了。切割方式也是從開窗邊上逐漸打磨，一點點地解剖出來。這算是一個比較穩妥的方法。沒過一會兒，在楊總純熟的動作下，原石窗口周邊的石質部分就被切割得差不多了，露出來的翡翠顏色自然是和原先所看到的一樣。

不過，楊總的臉上卻沒有顯露出興奮的神色，而是皺起了眉頭。

「靠皮綠？」圍觀的眾人一下就從楊總的神情中讀出這樣的資訊。要不是這樣的話，恐怕這一塊小小的原石就能賺取幾百萬的利潤了吧？在楊總剛切割出純粹的冰種陽綠的時候，邊上的周老闆幾乎要把腸子都給悔青了。而這會兒，周老闆的臉上又恢復了平靜。

人生百態，在賭石一行中，恐怕是最容易見到真性情的了。面對著幾百萬的錢財無動於衷的人，還真是不多見。就連賈似道自己，有了特殊能力之後，情緒依然會隨著切石的好壞而起伏。在這一刻，人並不是主角。左右著人的心緒的，永遠都是翡翠！那冰冷豔麗的顏色，有時候光芒四射，讓人欣喜若狂，有時候又清冷得讓人不敢靠近。

「怎麼樣？」金總作為原石的擁有人之一，這會兒靠近到楊總的身邊，對原石打量著，而賈似道幾個人自然也跟上了金總的腳步。賈似道仔細看了看楊總切割出來的翡翠部分，是冰種陽綠的質地，只有三四釐米厚，而且在這三四釐米中還厚薄不一。原先正對著開窗處的部分最為厚實，約有四釐米多，但整塊像巴掌大小的翡翠，邊緣處的厚度卻不到兩釐米了。

這樣的情況，還真不好說這塊原石究竟是垮了，還是漲了。

但是，就現在所看到的情況而言，已經是原先眾人所猜測最壞情況了。如此景象，在開窗的半明料中也是非常少見的。從窗口處看到多少翡翠，竟然就只有多少翡翠。恐怕不光是楊總，就是其他幾個人也沒有想到吧？

好在整塊原石的質地還是比較細膩的，也許其他部分還會出現高品質的翡翠呢。畢竟，整塊原石雖小，卻也有近二十公斤。

楊總強打起精神，開始了更大範圍的解剖，手中角磨機的動作，雖然沒有先前那麼流暢，但也中規中矩，挑不出什麼毛病來。可見楊總作為一個賭石老手，心理素質很過硬。這可是從千百次的切漲切垮中鍛煉出來的。

「又見綠了。」金總眼尖，第一時間發現了綠色，聲音中帶著一絲欣喜。

楊總停下了手中的動作，淋上了一些清水，以便讓綠色更加清楚，他又仔細地看了看，琢磨著綠色的走向，撓了撓自己的後腦勺，才繼續解剖。眾人紛紛探頭去看。

只是很快的，金總就歎息了一聲：「唉，可惜了。」聲音裏充滿了沮喪。倒不是綠色消失了，綠色還在，顏色的質感也很不錯，只是在翡翠中夾雜著不少雜質。這樣一來，整塊原石的價值自然也就大打折扣了。

隨著楊總手上的動作不斷加快，原石內部的情況漸漸地呈現在眾人眼前。夾雜著雜質的那部分翡翠，體積還算比較大，質地算是介於冰種和豆種之間，少部分的綠色比較翠，更多的則是顏色比較深，甚至有點黑了。如果算上前面單獨切割下來的那一小塊冰種陽綠翡翠，整塊原石基本不虧不賺。

對於賭石一行來說，能夠不虧，也是個不錯的開端，楊總和金總的臉上並沒有太多沮喪。嫣然站在邊上，看著解石的全過程，臉上的神色波瀾不驚，總是透著一種淡定。但要說她的情緒沒有受到絲毫影響，恐怕還真沒人會信。

賈似道心裏琢磨著，也許這是她一貫的表情吧。這時賈似道發現，在幾人之中，他站的位置比較靠近嫣然，正當他仔細打量著嫣然時，嫣然也回敬了他一個眼神。

賈似道立刻有些不好意思了。他扭過頭，看向另外那塊烏沙原石，這可是這次切石的重點。

對這塊烏沙原石，楊總三個人反覆推敲了好久，最終確定了下刀的位置，為了小心起見，也是從擦石開始，而且還是金總和楊總一起動手。至於嫣然，這種費力又費神的活兒，在場的人都不會讓她去做。

就在楊總開始擦石的時候，賈似道心裏一動，看了一眼郝董、周老闆的神情。周老闆顯得有些緊張，而郝董卻始終是一副坦然的神色，這讓賈似道微微皺了皺眉頭。

這一場交易中，究竟郝董事先知不知道這塊原石作過假呢？

從郝董邀請周老闆過來一起觀看切石來看，郝董應該是不知情的，而且，他說對這塊原石不敢出手，恐怕正是因為看出了一些端倪吧？

至於他今天會拉著楊總三人過來，只能說是存著看個究竟的意思。如果切出極品翡翠來，那麼以郝董的實力，再從楊總三人手上收購，也不是沒有可能的，他同樣能賺取很大的利潤。

要是切垮了，那就更沒有郝董什麼事了。連帶著董經理隨行，可能也是郝董在可能出手的情況下作為幫襯的，可別小看一個同行的人，要是在翡翠交易的過程中，旁邊的人，尤其還是一個懂行的人，隨便說句話，都可能左右交易的價格。就像賈似道之前的那句「價錢太高了」，就讓楊總三人占了不小便宜。

倒是周老闆的神情，說明他即便不知道這塊原石有過作假，也肯定看出了一些問題。

當然，賈似道不會傻到去懷疑這塊原石是周老闆作假的。要是周老闆有這樣能力的話，他的身家早就不止一家平洲的翡翠商店了。這塊原石的處理手段，絕對是出自大行家之手，幾乎可以以假亂真。而且，作假的時間恐怕也是在幾十年之前。要不然原石的表皮部分不會如此天衣無縫，如此自然。

這麼一來，周老闆所說的，這塊原石是他朋友從緬甸那邊收過來的，或許還是真實的。

就在賈似道心裏猜測著的時候，楊總擦石的動作卻停下了，輕輕地「咦」了一聲，彷彿是敲在眾人的心上一樣，大家不禁心顫了一下。

「有什麼問題？」金總困惑地問了一句。實在是因為楊總所擦石的地方，既沒有出現綠意，也沒有出現翡翠的質地，只是很普通的石質部分而已。

「你看這裏！」楊總指了指，所擦拭的地方的邊緣部分。在那裏，正有一條淡淡的紋理，很細，很平整，就好比是一個切面所留下來的，不仔細看的話，壓根兒就看不出來。

「難道這塊原石以前被人動過？」金總不傻，一下就看出了問題所在。不過，他倒是沒有立即對著周老闆火。遇到這種水準的作假，只能是怪自己學藝不精，責怪沒有任何意義，還不如想辦法如何補救呢。

楊總和金總擦石的動作，自然是停了下來。眾人也連忙圍了上去，仔細地看了看。尤其是郝董，在楊總出聲的時候，他就湊了過去。然後，仔細地看了看擦拭的部分，再對著其他地方總體打量了一下，最終搖了搖頭，眼神中露出一絲了悟，一絲恍然，又有一絲慶幸。

倒是周老闆，此時的表情頗有些尷尬。

「那個，我真不知道，裏面的情況會是這樣的。」周老闆說話間，臉上的贅肉依然是一顫一顫的。只是，他不說還好，這麼一解釋，倒是有點此地無銀三百兩的感覺了。乃至於，就是紀嫣然，看向他的眼神，也是一種刺痛人心的感覺，彷彿一下不打自招了。

倒是郝董此時為周老闆解釋了一句，說的話，也正是賈似道先前判斷的那樣。楊總三人的臉上，這才微微緩和了不少。不過，隨即迎接三人的，還是無力感。

既然這塊翡翠原石被人切開過了復原上去的，那麼，現在他們三個，究竟該怎麼辦呢？

直接切開，又或者是趁沒有擦開來多少，轉而出手？

直接切開來的話，恐怕切垮的可能性非常大，原本就有人切過一次了，要是能夠切漲的話，人家早就繼續下手了，完全用不著作假。哪怕從現在擦石的地方來看，那一次的切割應該屬於很薄很薄的初步切割，但是，誰又能保證，先前的賭石行家們，只是在翡翠原石上切了這麼一小塊地方呢？

如果是切過了多個地方，甚至是在一個地方切出了多片切片之後，再把原石重新復原上去的，恐怕，即便楊總三人把翡翠原石全部解開來，也只能是徹底垮掉了！

而要是不繼續切石的話，三個人自然還是有機會把手中的翡翠原石給轉讓出去的。

至少，現在的擦石，還僅僅是剛開始而已，露出來的部分並不大。只要把翡翠原石放置到一定的環境中，好比和翡翠表皮的質地類似的沙土中，滾一滾，再簡單處理一下，就可以大致恢復如初了。

當然，想要復原到和最初沒有切割過的時候一模一樣，卻是不太可能的了。即便是恢復到沒有擦石前的情況，也沒有任何希望。除非是經過一番精緻的造假手段，然後，再以歲月的流逝讓原石的表皮逐漸風化，達到和自然界中天然原石一般無二的效果，那個時候再轉讓出手，或許還有出高價的機會。

就好比周老闆出手給楊總三人這般情景一樣。要不然，只要是行家，仔細看，幾乎都能夠看得出來。

因此，楊總三人，想要以這塊烏沙原石賺回本錢的話，難度是相當的大。與其這樣等待上幾年甚至幾十年的時間，花在造假上，又或者現在可以低價出手，還不如現在搏一搏：這塊翡翠原石，究竟在事先被人切過了多少刀呢？

要是運氣好，僅僅只有一個切面，因為切出來的效果不好，人家就立即復原回去的話，那麼，依照翡翠原石表皮的表現來看，這塊烏沙原石還是有著很高賭性的！

一時間，楊總三人，你看看我，我看看你，神色間頗有些舉棋不定。

畢竟是價值上千萬的翡翠原石，又是三個人聯合收購的，彼此的意見有些分歧也在所難免。三個人就這麼討論了起來，嫣然自然是希望馬上收手了。

賈似道頗為詫異地看了她一眼，心裏琢磨著，都說女人的直覺是很可怕的，這話也不無道理。

要知道，賈似道可是用左手感知過的。整塊翡翠原石上，幾乎能下刀的地方，都已經切過了。現在的情況，就好比是有人給翡翠原石重新做了一層外表皮一樣。

只不過，這層重新製作的外表皮足夠精緻，哪怕就是行家，也不太看得出來罷了。

而楊總和金總，則是建議搏一搏。要是就這麼收手了，來到平洲之後的第一筆賭石，無疑會是以失敗告終，這樣的結果，對於楊總和金總來說，雖不至於一蹶不振，卻也是頗為沮喪的。到最後，嫣然越是堅持收手，楊總和金總就越是想要繼續切開來。

漸漸的，連賈似道都有些看得出來，恐怕楊總和金總的心裏，想要在嫣然的面前重新證明一下自己賭石的眼光，又或者在美麗的女人面前有所表現，才執意堅持要賭下去的吧？

有時候，男人的自尊心，又或者是面子，的確是害人不淺！在賭石一行，千萬不要感情用事！

無論是賈似道，還是邊上的郝董、周老闆等人，都微微搖了搖頭。暫且不管這塊翡翠原石切出來之後，究竟會是個什麼樣，至少楊總和金總，對於賭石行裏的經驗，還是沒有徹底吃透啊！

不過，合作購買的，到了這個時候，也體現出一個優勢。那就是在意見相左的時候，可以遵循出資最多的人的意見，就好比股份制一樣。誰對這塊翡翠原石的擁有權占著大頭，誰自然就有話語權。

通過楊總三人的對話，眾人也有些明白過來，嫣然在三人的出資中，所佔據的比例比較小，大概也就是兩成的樣子，出資三百萬。而楊總和金總，各分擔了近四成。

這麼一來，自然是楊總和金總說了算了。

賈似道心裏計算，紀嫣然這一筆交易的虧損，恐怕會達到兩百多萬，畢竟第一塊開窗的翡翠原石還是能抵消一部分虧損的。

而在楊總下定決心之後，眾人也沒什麼好說的，繼續擦石已經沒有必要了。整塊烏沙原石被大家合夥抬上了機位，找準了位置，馬達輕鳴，楊總把切刀緩緩地降下來，按下電鈕，就可以聽到「沙沙」的聲響。而切石的結果，也隨著這一刀下去，成為了定局。

下刀的位置，在賈似道看來，還算不錯。切割的厚度也比較小，也許是重疊了原先作假的時候下刀的那個位置，又或者是完全沒有切到那個位置。在切片出來之後，雖然沒有出現絲毫綠意，但楊總和金總的臉上，卻難得地露出了期望的神情。

畢竟，也沒有出現作假的痕跡不是？

連帶著，郝董幾人的神情，也頗有些改變，微微露出了希冀的目光。不過很快的，當第二刀下去之後，眾人的臉色就又變了變。就好比是坐過山車一樣，誰也不知道，這短短一瞬間的轉變，是朝著哪一個方向。在原石的切面上，很明顯地出現了原先就有的細直的切割痕跡，這讓楊總和金總的神色變得頗為凝重起來。

而最終的結果，自然和賈似道所感應的那樣，在翡翠原石的表面，不止一處，幾乎是佈滿了作假的痕跡。面對如此多的切割面，如此精密的造假手段，讓眾人心裏震驚的同時，也不禁感歎著，這次算是大開眼界了。

即便是賈似道，雖然事先有所感知，但是，當眼前赫然出現這些作假的痕跡時，內心的驚訝依然是不可掩蓋的。

一般來說，賭石市場上，原料造假的手段，還是比較多的。即便是平洲的賭石市場中，也不乏一些作假的原石。但大致上來說，分為簡單的幾種：

一是用普通的下等翡翠原料作為主石，在切口處黏上一層水頭、種地、顏色都比較好的翡翠薄片，又或者為了效果更加明顯，在中間先黏上一層薄片的綠玻璃，其上再黏上品質良好的翡翠薄片，這樣一來，買家在看貨的時候，只要眼力不到位的話，很容易會當成表現好的翡翠原石給收下來。

甚至有些作假的行家，還會在翡翠原石近表層處打孔，在孔內放入綠色物質，再把小孔給封上，使人們能從表皮看得見其內有綠意。賈似道還在網上見到過，還有在翡翠原石內部裝上綠色小燈泡的呢。

另外的，就僅僅是在表皮做一些修復。比如眼前的這塊烏沙原石，原先切割的時候，自然是想要找到綠色，卻並未找到，又或者質地比較差，這個時候，把切割下來的薄片給黏回去，然後再用和表皮質地一樣的泥沙膠混合在翡翠原料表面上，只要後期再經過一些專業處理，即便是一般的老手，也很難看得出來。

當然，如果是切石切垮了，下刀的次數又比較少的話，又或者是擦石的時候效果不滿意，也可以運用此類方法來作假。

這樣的手段，說來簡單，但要做到讓一般人看不出來，卻是需要花費不少工夫。眼前的這塊烏沙原石的作假手段，無疑已經達到了爐火純青的地步。要不然，也不會連郝董都不敢出手。楊總和金總明知道有作假，還依然要再賭一回！

而最為簡單的作假方式，那就是做人工的搓痕。在翡翠原石的表皮，做成像洗衣搓板一樣的感覺。光線很難看得進去不說，買家想要尋找表皮的一些翡翠原石特徵，也是無從下手。

當然，此類的原石，大多價值不會太高，主要是種不好，水頭又差，或者就是出現了很多裂痕，賣家才如此為之。

說起來，只是迷惑買家的一種手段而已。要真是高檔翡翠原石，如此作假倒是有些得不償失了。賈似道到現在為止，看貨的時候，大多看的是高檔翡翠原石，對此瞭解得也不算太多。而且，有了特殊能力感知的幫助，翡翠原石的作假，對於賈似道來說，就是形同虛設了。

而楊總和金總，似乎是認定了烏沙原石沒有什麼可賭性一樣，但心裏又頗有些不甘心，尤其是嫣然，此時正站邊上，淡淡地看著呢。

當下，兩個人一發狠，就把翡翠原石給對半切了開來。

不得不說，楊總和金總如此舉動，很有點破釜沉舟的意思。恐怕就是賈似道，又或者是郝董等人，到了這種時候，也會選擇類似的舉動吧？設身處地一想，邊上的幾人不但不會覺得楊總和金總魯莽，反而會為他們的氣魄而折服。

賭石的過程，不是說只有切漲了，才會被人尊敬的。畢竟，切漲除去眼光等必然的因素之外，還需要一定的運氣。所以，有時候，一個人努力地去賭了，適當地去拚了，同樣值得他人學習。

只是此時原石露出來的切面，依然是質地頗為細膩的石質，並沒有什麼好翡翠出現，隱約在石質中夾雜著一點翡翠的質地，也不過是低檔的品質而已，連豆種都算不上，恐怕只能是拉到小型手工作坊裏去，賣給他們的老闆，用來製作夜市上的翡翠成品，比如一兩百塊錢的那種手鐲。

想到這裏，楊總和金總的臉上，自然是露出苦笑了。

那種苦澀的滋味，賈似道暫時還沒體會過。但是，郝董卻頗為動容，他走到楊總邊上，拍了拍楊總的肩膀。而董經理，也沒有漠然地置身事外，走到了金總的身邊，僅僅是一個動作，倒是倍顯安慰和關心。

不管怎麼說，這一次賭石的切垮，也有郝董的因素存在。

至於周老闆，這個時候的心理，恐怕要更加複雜一些。從擔心烏沙原石的作假被人看出來，再到事情敗露，楊總幾人的寬容，以及到最後翡翠原石徹底切垮，一幕幕情景都歷歷在目。這一個下午所經歷的心情變化，遠要比他這一輩子經歷的賭石，都要複雜得多。

或許是為了要給周老闆更大的刺激一樣，賈似道這會兒忽然微笑著，走到翡翠原石的邊上，仔細地看了看原石的兩個切面，位置剛好從正中間的地方切開來，不偏不倚。而切面上的石質，看上去非常細膩光滑。

賈似道猶豫了一下，指著其中的半邊翡翠原石，說道：「楊總，你們打算將這塊翡翠原石怎麼處理呢？要是沒有什麼好去處的話，不妨現在就讓給我如何？」

第七章

春帶彩

春，正是指紫紅色的翡翠。

紫色翡翠也稱紫羅蘭。彩則是代表純正的綠色。

「春帶彩」是指一塊翡翠或一件翡翠首飾上既有紫又有綠。

目前翡翠市場「春帶彩」的翡翠，

不要說是成品了，就是料子都非常稀有了。

更何況這塊翡翠的質地是冰種級別以上的？

「你該不是說笑的吧？」楊總一愣。

不光是楊總，就是其他幾個人，包括嫣然在內，看著賈似道的目光，就像是看著一個外星人一樣，眼前這樣的翡翠原石，還有收手的價值嗎？

「你準備出價多少？」愣過之後，楊總很快恢復了商人的本色，立即詢問起了價格。說起來，這樣的翡翠原石，即便是切垮了，但因為其個頭兒不算小，內部也還算有些翡翠存在。要是賣到小型作坊去的話，至少能拿回個一兩萬。如果賈似道現在同樣是以這個價格出手，那就沒有必要了。

楊總這麼心切地問了一句，自然是希望賈似道能出更高的價格了。

對此，賈似道也是心裏了然，再看到眾人看向自己的好奇眼神，賈似道苦笑著說：「我是覺得這塊翡翠原石，還算是有點希望，想要試一把，我看不如這樣吧，市場價格呢，大家也都知道了，我每半塊翡翠原石，出兩萬五的價格，一共出價五萬塊，如何？」

「五萬，也不少了。」郝董在邊上附和了一句，「不過，小賈你真的決定試試？」

要說這塊烏沙原石，沒有被從中間切開的話，或許，五萬七萬的還有人會要，大家也會賭一賭。但是現在都已經對半破開了，看到的部分表現很糟糕，即便是看不到的部分，也基本上都能猜測出來，在郝董看來，花上五萬塊錢賭一把，自然是有些不值得了。

不過，郝董這麼想，是因為這塊翡翠原石並不是郝董的。現在的楊總，在聽到賈似道開出的價格之後，心裏卻是莫名地一動。

說起來，五萬塊錢，在楊總看來，不過是小菜一碟而已，上千萬都已經虧了，還看得上這五萬塊錢？

反倒是賈似道能在這個時候站出來出價，讓楊總有些刮目相看，他和金總悄悄對視了一眼，兩個人頗有些心有靈犀的感覺，那就是，這塊翡翠原石，可能還有玄虛。楊總再次走到翡翠原石的邊上，仔細地察看起來。要是能知道賈似道為什麼會出價，恐怕，楊總倒是願意自己再賭一次吧？

至於紀嫣然，因為剛才對於切石不切石所造成的分歧，這個時候，楊總和金總在面對著她的時候，總有說不出來的彆扭，自然不會自討沒趣了。

反正結果已經擺在眼前，嫣然也不會在意這最後的三五萬塊。楊總和金總很自覺地就忽略了她的存在。

不過，兩個人對著翡翠原石察看了好久，連強光手電筒等工具都用上了，甚至還淋上了清水，硬是沒有看出有什麼特別的地方。為什麼賈似道在出價的時候，就能夠眉頭一皺不皺地就喊了出來呢？

「你真的打算要這塊翡翠原石？」楊總不由得再次詢問。

「是啊。」到了這個時候，賈似道也只能苦笑著說：「要是楊總沒什麼意見的話，我現在就可以付錢。」說話間，好像是有點想要拚一把的感覺。不過，賈似道心裏卻也琢磨著，似乎自己站出來的時機有點不太對。

還不如等到楊總幾人把翡翠原石賣到小作坊之後，再收過來比較妥當呢。現在這麼一搞，倒是有點引起楊總的懷疑了。果然不愧是商人，對於生意上可能出現的利潤，的確很敏感。賈似道覺得自己相比起他們來，還太嫩了一些。

賈似道看了一眼自己先前所指示過的那半塊翡翠原石，心裏淡淡地笑了笑。

在賈似道確定要表示收購之後，楊總同樣留了一個心眼。雖然找不出賈似道要收購的原因，但是，在楊總的眼裏，賈似道畢竟不是一個初入賭石行業的愣頭青。至少，在雲南的時候，他就看到過賈似道和劉宇飛一干人站在一起。

要說沒有一點眼力的話，那是斷然不可能的。

那麼，自己看不出來，倒也不要緊。大不了，就是再虧個幾萬塊錢而已。想到這裏，楊總再次和金總兩個人交流了一下，金總去拿了切石工具，而楊總則是抱歉地對賈似道笑了笑，拒絕了賈似道想要購買的意思。

兩個人對著賈似道原先指示過的那半邊翡翠原石，搗鼓起來。

賈似道默然，轉頭看了一眼邊上的郝董幾人，他們對於楊總、金總會有如此舉動，倒也沒有感覺到意外。不過，紀嫣然看楊總和金總的眼神，卻微微地出現了一絲變化。似乎此時兩個人的表現，有點小丑的感覺。

說到底，嫣然並不是一個純粹的商人，她並不能做到利益至上。

約莫過了十來分鐘，該擦的地方也擦過了，甚至楊總和金總也對著翡翠原石切開了幾刀，只是那依然沒有任何希望的表現，讓兩個人剛剛興起的興致，轉瞬間就跌落了回去。臉上不但帶著失望，還帶有更多的困惑。

「要不要把那半邊也切開出來？」金總揉了揉自己的右手，因為不是直接用切割機器來切割，擦石是需要很大的臂力和腕力的，這麼一陣勞動下來，手腕疲是很自然的事情。特別是對於這些賭石的大商人而言，如果擦出綠來，好歹還有些盼頭，擦拭的時候，也會更加勤快一些。但要是擦拭不出什麼好的料來，精神和身體上的雙重疲勞，也就可想而知了。

「算了吧。」楊總歎了口氣。他可不想再費這麼些力氣。到了這會兒，他也算是想明白了，與其在一塊廢石上做些吃力不討好的事情，還不如轉而騰出時間來，賭一下其他的翡翠毛料呢。

「對了，小賈，剩下的那半塊翡翠原石，你還有意思出手不？」楊總忽然抬頭，對賈似道問了一句。

頓時，郝董和董經理幾人，看著楊總的眼神，都有些怪異。

倒不是說楊總此時的表現，有些小人行徑。在一開始的時候，賈似道所指示的，就是他們倆現在所擦拭的這半邊原石。大家心裏也都明白，賈似道自然是看上這半邊了。現在倒好，人家看中的這部分，沒擦出什麼翡翠來，剩下的半邊，楊總還想要再出手給賈似道，難免給人一種說不出來的怪異感。

不過，大家都是商人嘛，轉而一想，就能明白過來。蚊子再小，也是肉不是？

如果能出手給賈似道，拿到兩萬五，總比拿到小作坊裏賣個萬把塊錢來得強。

「這個……」賈似道裝模作樣地猶豫了一下，「這半邊的話，我只能出兩萬塊。怎麼樣？」

這也是賈似道的一種策略，這個時候不砍價，更待何時？

說起來，在最初考慮到要收手的那會兒，賈似道就留了個心眼，指了指特殊能力感知中並沒有出現翡翠的那半邊，沒想到真會發展到現在這種狀況。賈似道也不知道究竟是商人的狡猾、唯利是圖，又或者是他自己的幸運。

「行，兩萬就兩萬吧。」楊總還沒答話呢，金總便很爽快地點了點頭。楊總聞言之後，也默認了。至於嫣然，看到賈似道那微微有些詢問的目光，乾脆把頭給側了過去，就是楊總兩個人看向她的時候，她也是這副表情。似乎是在說，剛才那會兒，怎麼就沒有聽她的意見呢？這會兒，事情都辦完了，結果也無可更改了，倒想起她也是這塊翡翠原石的擁有者之一了。那一瞬間的小女人姿態，倒是讓人為之賞心悅目。

只是這會兒，無論是楊總、金總也好，還是賈似道等人也罷，都沒有過多地把注意力放在嫣然身上。楊總兩個人因為下午賭石一敗再敗，精神頗有些沮喪。而賈似道，則在金總點頭之後，當即就支付了兩萬塊現金。

在他還沒決定要不要馬上切開這半塊原石的時候，郝董就問了一句：「小賈，這半邊原石，你是準備現在切開來，還是搬回去？」

「是啊，我看這地方的氣氛不太好。」金總生怕賈似道當即切石，如果又是廢料的話，他們剛才把原石推銷給賈似道，就有點占小便宜的嫌疑，不禁提議道：「不如，小賈你就換個地方來切石吧。」

一語說完，連郝董幾人也點了點頭！

雖然眼前的這半邊翡翠原石，在眾人眼裏，擺明了是廢料，但好歹是沒有切開來的。一些賭石的基本規則，還是需要注意一下的。比如，可以在連續切垮的情況下停幾天，或者換個地方再切。表示換一換手氣，轉一轉風水。而在連續切漲的時候，自然就是高歌猛進地連續切石了。

甚至有些地方，還會把切出極品翡翠的切割機都給封存起來，待到下一次有好表現的翡翠原石出現的時候，再來開動。諸如此類的，求個心安而已。

對此，賈似道倒是沒有這麼多講究。本來他還準備去王老闆那邊作坊的呢，既然郝董都問了，再看了一眼此時金總的表情，賈似道心裏忽然就有一種暢快的感覺，他笑道：「我想，大家也不用這麼麻煩了，反正這原石不值什麼錢，乾脆就在這裏切開來好了。如果是廢料，等下也好一起拿去處理了。」

「那我們就站在邊上再等一等吧。」董經理率先表態，其他人也不好馬上離開。尤其是楊總、金總兩個人，此刻臉上的表情精彩了許多。

賈似道也不在意，兀自走到原石的邊上，先察看了一番，還擦拭幾下，然後似乎是很隨意地找了個位置，畫好線，找人幫忙抬到了切割機上，就一刀切了下去。

隨著切割機發出的聲音「滋滋」地響著，賈似道臉上依然是一副輕鬆的表情。郝董幾人倒是淡然一笑，默默地等待著結果。

不過，切出來的切面，很顯然，並沒有任何成效。金總和楊總的臉色，卻更加難看起來。略微地打量了嫣然一眼，發現她也在注意著原石的切面，當下也不再說什麼，只是心裏恐怕在期待著賈似道切石的動作，能夠更快一些吧。楊總和金總，總覺得有點芒刺在背的感覺。

賈似道看著原石，微微皺了皺眉頭，轉而又對著切面，仔細地打量了一陣，其中一邊是佔據了原來半塊翡翠的三分之一大小，一邊為三分之二左右。而含有翡翠的部分，自然是在稍大的這塊裏面了。賈似道注意了一下，此時邊上幾人的神情，心裏琢磨著，到了這會兒，這表面上的功夫，應該也做得差不多了吧？

然後，他才按照原先的印象，把大塊的原石先放置到了一邊，對著另外的一塊再次對半給切了一刀。依舊沒有任何成效之後，才把剩下的翡翠原石劃好線，如同孤注一擲一樣，切割了開來。

這個時候，別看賈似道的臉上神情比較淡然，但是，內心裏的激動和期盼，卻遠不是表面上這麼簡單。要知道，為了以最便宜的價格得到這麼一塊翡翠，可是花費了賈似道不少心思。比起以往來，賈似道自然也就更為期待能夠切出什麼樣的翡翠來了。

質地可以肯定是不錯的了，但是，顏色呢？

在翡翠行業中，流傳著「色差一等，價差十倍」的說法，尤其是對於高檔次的翡翠成品來說，「價差十倍」可能都還不止。

例如：一粒萬元的翡翠戒面與一粒五百萬元的翡翠戒面，其翡翠的品質、樣式、大小、種水、瑕疵等等，都應該是一等一的，無可挑剔，而二者之間的價格差別，最為關鍵的，就在於綠色上的高低。說白了，就是綠色的純粹性！

忽然，就在賈似道把翡翠原石切割下來之後的切面，掰開來的時候，一直關注著賈似道舉動的郝董，不禁下意識地「咦」了一聲，隨即快走了幾步，搶先來看了看，臉上出現了驚愕的神情，嘴裏嘀咕著：「竟然是春帶彩，春帶彩啊……」

那話裏有著說不出的羡慕，連帶著還有幾絲顫抖。

而其他幾個人，此時也顧不上矜持，立即圍了上來，連周老闆也快速地移動著他那肥胖的身體。為此，賈似道這位翡翠的主人，這會兒倒是被他們給擠到邊上去了。

賈似道只能苦笑著，不知道說點什麼好了。要知道，他自己都還沒有來得及仔細看上幾眼呢。

賈似道正無語地看著眾人的反應呢，忽然聞到了一絲淡淡的香味，他馬上回過神來。轉頭，果然，紀嫣然已經站到了他身邊，看著他的眼神，也是頗有些好奇，眼神很亮很清澈。似乎是在驚訝，賈似道怎麼就有了這樣的運氣。當然，更多的可能是出於對賈似道在賭石上，能有如此眼力的好奇吧。

「聽說，你最初是在『周記』那邊賭石的。」淡淡的聲音，很清冷，卻又不會讓人覺得疏遠。

賈似道心裏猶豫著，這是嫣然第一次主動和他說話。對於這樣的一個女子，說不上敬而遠之，卻也沒有非常想要靠近的感覺。就好比賈似道在「周記」中第一次見到她的時候那樣，收拾了一下自己的情緒，才說道：「是啊，那會兒還是托了你的福，才讓我挑中了的一塊有翡翠的原石小賺了一筆呢。」說著，賈似道自己倒是有些肆意地輕笑了起來。

可不是嘛，要是沒有那次成功的賭石，恐怕賈似道還真不會入了現在這一行吧？

紀嫣然也想起了自己曾在「周記」挑選過三塊翡翠原石，還特意把它們放置在茶几上，不禁淡淡地點了點頭，微微一笑，兩個人之間的距離忽然就近了不少。

連帶著，賈似道在紀嫣然點頭示意並且微微一笑之下，有那麼一瞬間，心裏覺得，其實紀嫣然這樣的女子，也並不是那麼遙不可及？

這種感觸如同一道亮光，瞬間劃過賈似道的腦海，隨即又匆匆地逝去。

賈似道心裏說不上是什麼感覺。他以前不是沒有接觸過女人，但是，成功並且有感情基礎的卻實在是不多。賈似道下意識地深呼吸了一口氣，轉移著自己的注意力。

「小賈，這塊翡翠原石，出手給我如何？我出三百萬。」不知道那邊的幾個人，究竟是看到了什麼，賈似道自己都還不清楚呢，金總就轉身對賈似道開出了價格。

「我出五百萬。」這是楊總的聲音。

賈似道聞言，忽然覺得賭石變得有些意趣起來。拋開賭石過程中的驚險、刺激、未知不談，就是這圍繞著賭石而生活的人，也頗有些意思吧？

抿嘴一笑，賈似道正想拒絕，那邊的郝董卻爽朗一笑，說道：「你們兩個呀，也太心急了一些。小賈，你小子的運氣很不錯啊，不，應該說很旺啊。而且，你的刀法，也不錯……具體的，你還是先自己看一看吧。不然，現在就出手的話，到時候可是要後悔的哦。」

說話間，郝董就讓出了自己的位置，董經理也微微地側了側身子。

賈似道也不客氣，直接走到翡翠原石的邊上，往切面上看去。

正如預先所想像的那樣，賈似道的那最後一刀，切割開來的兩個切面上，一邊可以隱約地看到一部分質地不錯的翡翠。而另外一邊，卻僅僅隱含有幾絲的翡翠質地，鑲嵌在石質裏面而已。

賈似道馬上就放棄了只有幾絲翡翠的那部分，那裏無非是下刀的時候，稍微有些切過了，沒有掌握好位置，才切出來的。好在那部分翡翠很鬆散，價值不大，切了就切了，難怪剛才郝董說賈似道的刀工不錯呢。賈似道也不在意，轉而仔細地打量起含有翡翠的這部分。乍一入眼，的確是氾濫著綠色。

再加上可以肯定翡翠的質地為冰種，乃至於是更上一層的玻璃冰種，賈似道心裏微微一喜。

如此看來，這塊翡翠狠狠地賺上一筆，應該是不成問題了。對於楊總所出的五百萬的價格，賈似道只是淡淡一笑。不過，與此同時，賈似道卻又覺得這一處切出來的綠色，和以前所見到過的陽綠、豔綠不太一樣。

似乎，有點變色了的感覺。莫非這樣的顏色，也還有著諸如豔綠翡翠的價格？

可能是出於翡翠是賈似道所有的原因，到現在為止，眾人也不過是拿著工具看了看，翡翠的切面上，卻沒有人去動過。賈似道便自己淋上了一些清水，打開強光手電筒，讓自己可以看得更加清楚一些，這才恍然大悟，在綠色的邊上，竟然還隱藏有紫色。

說起來，賈似道切出來的極品翡翠也不少了，陽綠、豔綠，甚至是帝王綠這些常人難得一見的翡翠，也都見識過，還是玻璃種的。但是，論到其他的翡翠顏色，除去那種灰暗色的，沒有太大價值之外，其他的諸如暗紅中帶著深綠、墨綠等等，夾雜著其他雜質的翡翠之外，倒還真沒有見過。

唯一的一小塊緋紅色翡翠，還是賈似道從木造藏中挖出來的呢。

對於這次能夠開出這麼一塊紫色和綠色交加的極品翡翠，賈似道的欣喜，似乎要比以往切出翡翠，更加興奮一些。但是，紫色究竟紫到什麼程度才值錢，賈似道就有些猶豫了。

不過，想到郝董一開始就喊出來的「春帶彩」，賈似道的腦海裏，便很快有了概念。

春，正是指紫紅色的翡翠。另外的，紫色翡翠也稱紫羅蘭。彩則是代表純正的綠色。所謂的「春帶彩」，就是指一塊翡翠或一件翡翠首飾上既有紫又有綠。

就目前的翡翠市場來說，春帶彩的翡翠，不要說是成品了，就是料子都已經非常稀有了。更何況這塊翡翠的質地是冰種級別以上的？

最終，賈似道也沒有把手中的翡翠原石給立即出手了。好不容易遇到一個新的品種，尤其是顏色上的不同，對於賈似道來說，可是件非常難得的事情。在賈似道的記憶中，恐怕也只有昨天傍晚跟王彪一起所收的翡翠原石中，其中的一塊可能會出現紫色翡翠吧？

而且，那一塊的紫色，究竟是個什麼樣的程度，還不知道呢。

為此，賈似道拒絕了郝董最後開出來的上千萬價格，直接把兩個拳頭大小的翡翠部分給徹底解剖了出來。至於剩下的這些邊角料，倒是很容易就脫手了。反正，楊總、金總所切割出來的那部分邊角料，也是需要出手的。

金總從外邊喊過來一個小作坊的老闆的時候，賈似道便順帶把邊角料給賣了出去。因為其中有部分的質地，還算是不錯，而且，切割出來的翡翠原石，也屬於比較大的那種，對於小作坊來說，他們可以有多種選擇來規劃翡翠成品，尤其是那部分帶著一絲綠意的，可是不多見。於是合起來，竟然也賣了一萬五。這麼一來，賈似道花費的兩萬塊，轉眼間就回到了手上，而且，還多了一塊價值過千萬的翡翠。

當然，前提是具備了一定的眼光和運氣。就好比金總、楊總兩個人，所切割出來的邊角料，因為大多是切割成比較慘澹的薄片了，卻只賣了個不到五千塊錢的價格。

對此，賈似道也不禁莞爾。特別是在賈似道切石的過程中，金總、楊總，甚至周老闆臉上懊惱、後悔的神色，更是讓氣氛變得格外怪異。直到賈似道一個人，回到王老闆的作坊的時候，心裏還頗為金總、楊總幾人的臉色變化而感覺到好笑呢。

倒是紀嫣然的態度，讓賈似道有些捉摸不透。按理說，這次賭垮了之後，她至少應該沮喪一下，哪怕是在賈似道開出極品春帶紫的時候，欣喜、羨慕一下，也是好的啊？可是，她就這麼一如既往平靜地看著。彷彿她來到平洲，只不過是閒逛來了。

只是在最後眾人要散了的時候，她才別有深意地看了賈似道一眼。

賈似道搖了搖頭，掂了掂手上提著的粗麻袋，笑容才再次情不自禁地回到了臉上。說起來，在平洲這樣的地方，像賈似道這樣的人，還真是不少。

翡翠原石，尤其是開過窗的翡翠原石，總不能直接抱在懷裏吧？

用個麻袋裝著，別人看不清楚，也不會吸引太多人的目光。當然，好在翡翠不大，重量也比較輕巧，賈似道提著也不吃力。不然太大太重的話，就需要動用車輛了。眼看著就走進王老闆的作坊了，正想問一下王彪回來了沒有呢，王老闆就迎了出來，先是打量了一下賈似道，才笑呵呵地問：「小賈，下午的收穫，應該不小吧？」

賈似道心裏一驚，自己切出春帶彩的消息，該不會傳得這麼快吧？

「怎麼了？」王老闆看到賈似道色變，不禁問道：「難道切垮了？不應該啊……」

賈似道訝然，敢情王老闆還不知道啊，不禁有些嘲笑自己多疑。不過，任誰懷裏揣著價值上千萬的翡翠，即便是在平洲這樣的賭石市場，對於周邊人的一舉一動，也會格外敏感一些吧？

「呵呵，切垮了倒沒有，我還小賺了一筆。」賈似道微微有些得意地說。

「敢情你剛才那表情，是故意嚇我的啊。」王老闆「呵呵」一笑，並沒有太在意，但是臉上的表情，也帶了幾分誇張的色彩，似乎是在說，並不只有賈似道這般的年輕人，才會有如此做作的神態吧？「我還以為你真切垮了呢。說吧，一臉笑容地回來，切出什麼好東西來了？」

「走，王老闆，我們到裏邊說。」賈似道淡淡一笑，轉而就越過王老闆的身子，向作坊內走去。一邊走，一邊還示意了一下手中的粗麻袋。

王老闆聳了聳肩，緊跟著走了進來。不過，老闆的辦公室裏，當賈似道把翡翠給拿出來之後，眼睛卻瞪得大大的。說起來，昨晚的時候，王彪切出來的高品質翡翠，在他的心裏還沒有來得及完全消化呢，這剛過了一天，賈似道就又拿出一塊春帶彩來，著實讓他吃了一驚。

是最近的毛料市場好貨不斷？還是賈似道和王彪的運氣使然？

在平洲，王老闆也見過不少的賭石內業的人參與解石、切石了，但如此高機率地出現極品翡翠的情況，卻還是很少見的。

賈似道看了看王老闆的表情，心裏琢磨著，該不是受了刺激，想要親自去賭石市場走一遭吧？根據王彪的介紹，像王老闆這樣的商人，大多都是成批地進翡翠原料的，或者明料或者就是海量的普通翡翠毛料，然後運回來自己切開，再製作成翡翠成品銷售出去。

其中的利潤，不見得就有賭極品翡翠原石來得高，但是，勝在比較穩妥。

好在王老闆畢竟是經歷過大風大浪的人，臉上的笑容很快就恢復了過來。他接過春帶彩，仔細地在手上觀摩了好長時間，最後甚至還拿出了相機，在徵求賈似道的同意之後，拍了幾張，才心滿意足地還給了賈似道。

「小賈，你的運氣，還真的是沒話說啊。」王老闆感歎了一句，「像這種品質的翡翠，尤其還是春帶彩的，恐怕就是幾個月裏，也很難切出一塊來的。至於最近幾年，幾乎一兩年都難得一見。」

「哦，這麼說，這塊翡翠的價值，可就不止一千萬嘍？」想到郝董開出來的價格，賈似道不禁問了一句。

「一千萬？」王老闆看了賈似道一眼，說道：「應該是有人開出來的收購價格吧？」隨後，皺著眉頭，思考了一下，才接著說：「其實這也並不奇怪。要是由我來出價的話，恐怕也就是一千萬上下。這麼跟你說吧，這塊翡翠，要是放在我這裏，就只值這麼些價錢，哪怕是我製作成翡翠成品之後，轉而出手了，也只能賺個幾百萬了。但是，到了不同的人手裏，比如說王彪吧，他卻可以輕鬆賺取上千萬的利潤。」

「這麼多？」賈似道心裏一動。

「這還算是少的呢。如果取材恰當的話，興許能賺取個兩三千萬，都是可能的。」王老闆感歎著，「有錢人，並不講究東西真實的價格，主要是他們看著喜歡。當然，王彪也可能把這塊翡翠壓在手裏，三年甚至五年的，都沒有辦法出手。這樣一來，為了資金的周轉，他就很有可能低價出手了。」

「難道王老闆的手裏，就沒有這樣的高端客戶？」賈似道問道。

「有是有幾個，但是不多啊。」王老闆對於賈似道也不見外，反正只是說個大概而已：「而且，還需要根據那些客戶的要求來。運氣好，他們正要春帶彩的，那就能狠賺一筆，要是看不上，哪怕是手裏有客戶，也跟沒有一樣了。」

「所以啊，小賈，其實，像我這樣做成品翡翠生意的，反而不如你們這些做毛料生意的賺錢呢。只要抓住了一次機會，一把賺下來的，就夠我忙乎整年的了。」說到最後，王老闆倒拿賈似道打趣起來。

「呵呵，王老闆你這話，可就說笑了吧。」賈似道客氣道，「我們賭石，又不是百發百中的。大多數時候，都是垮了的多。」賈似道說的也是事實，當然，前提是他不運用特殊能力的感知。王老闆聞言，也不好說什麼。

但是，賈似道的內心裏，在聽了王老闆這麼一番話語之後，卻有了一個想法。別人或許沒有辦法完全按照高端客戶的要求來製作翡翠成品，畢竟，好的極品翡翠原料，實在是太少了，明料價格又太高。想要憑藉一個人、一個公司，收集到眾多不同品種的翡翠原料，幾乎是不太可能的。但是，賈似道卻可以啊。只要大把大把地撒錢，不斷地收進翡翠原石，總歸是可以收集到各種顏色、各種質地的翡翠原料的。

如果賈似道的手裏，掌握著一定的客戶資源，是不是可以比現在單純地出售翡翠原料要更加賺錢呢？

「對了，王老闆，王大哥還沒有回來嗎？」賈似道暫時收起對於自身翡翠原料銷路的考慮，看了看外面的天色，在作坊裏，若不開電燈的話，都已經不太看得清楚了，便順口問了一句：「現在的時間，他也應該差不多回來了啊？」

「這個，我不是很清楚。我下午都沒看到他呢。」王老闆應道，「也許是有什麼事情吧。等下吃過晚飯，要是還沒回來，你就掛個電話。做我們這一行的，風餐露宿是常有的事情。不過，他答應晚上陪你去看貨，就會做到的。哪怕是熟人之間，信譽也是非常重要的。」

「嗯。」賈似道點了點頭。兩個人自然是又聊起了翡翠行業的事情。

王老闆說起，曾經有個客戶，想要定製一對福祿壽喜的翡翠手鐲，是用來送給他的老母親的，不過，現在市場上，三色的福祿壽翡翠手鐲，就已經比較罕見了，這福祿壽喜的四色，原料就更加難找了。而且，面對如此高要求的客戶，價錢倒不是問題，但即便翡翠的顏色到位了，要是翡翠的質地、水頭太差的話，也不行。於是，王老闆硬是沒有敢接下來。

賈似道聞言，也只能是苦笑不已。倒不是替王老闆沒有做成這筆生意而惋惜，而是就此看來，他剛剛萌生的對於向高端客戶提供極品翡翠成品的想法，想要實施起來的話，恐怕沒有想像中的這麼容易。

不要說是福祿壽喜了，就是福祿壽，他都還沒有見過呢。

不過，這樣也好，接下來的揭陽翡翠公盤，不正是一個可以大展身手的好機會嗎？或許到了那裏之後，會有什麼新奇的發現呢。再想到那會兒還有劉宇飛這麼一位年輕的同行，賈似道不禁對於揭陽之行更加期待起來。

簡單地吃過晚飯，依然不見王彪到來，賈似道正準備打個電話詢問一下，巧得很，王彪打電話過來了，話語中充滿了歉意。

不過，在王彪解釋了一下之後，賈似道心裏卻是非常震驚。

難怪王彪早上會匆匆離去了。原來他的一個朋友，在廣州收古玩的時候，竟然遇到了一個騙局，把人家的一件據說很名貴的古董東西給碰壞了，人當時就被扣了下來。在賠償那古董的價錢之前，是沒辦法開脫了。而且，因為收東西的地方，是比較偏僻的郊區，王彪的朋友又是一個人，自然沒有什麼別的辦法可想，前幾天聽說過王彪最近可能到廣東這邊來，只能先打個電話給王彪試試，幫忙籌一下錢了。

具體多少錢，王彪沒說。不過，在接到電話之後，王彪有些擔心朋友的安危，便決定親自趕過去瞧瞧，順帶看看能不能幫上點什麼忙。這會兒，兩個人都已經從那地方出來了，正在去廣州市區的路上呢。王彪這才得空，想起答應賈似道晚上看貨的事，便有了現在這個電話。

於是晚上的看貨，自然是去不了。而且，按照王彪的意思，似乎並不準備馬上回平洲來，應該會在廣州那邊繼續待上幾天，他倒是希望賈似道改天也去廣州，反正路途比較近，而且也方便去揭陽。

掛上電話之後，賈似道不禁有些鬱悶。倒不是說因為沒辦法晚上去看貨了，而是古玩一行的水實在太渾了。一直以來，賈似道都是順風順水，哪怕是去河南的時候，也沒有發生什麼意外。但是，王彪朋友的經歷，卻給賈似道敲響了一個警鐘。

不管是古代，還是現在，「碰瓷」這行當可不少見啊！

第八章

等待佳人

一個人在心中開始等待著另一個人出現時，
他的心裏究竟會想些什麼。
腦海裏，時而泛起和李詩韻的那些場景。
賈似道在短短幾分鐘內體會到，
等待其實是一件很痛苦卻又很微妙的事！
尤其是在所等的對象，還是一個美麗的女人的時候。

古玩一行，不但有撿漏這種好事的驅使，還含有著暴利的利益，很多玩古玩的小販們，往往會鋌而走險，幹些作假，或者「碰瓷」的勾當。

好在王彪和他的朋友，人身安全上沒出什麼問題，只是損失了一些錢，倒也算是幸運的了。和王老闆知會了一聲，賈似道晚上一個人也不好出去瞎逛，簡單地領略了一下平洲的夜景，就從王老闆的加工作坊，走到了平洲大酒店。然後，就窩在酒店裏上上網，如此打發時間了。

賈似道很熟練地登入了「天下收藏」論壇，看到不少熟悉的人，這會兒正在論壇上熱烈討論著呢，特別是前陣子請教過賈似道翡翠白菜的，準備去上電視的那位，還寫了一篇上了電視節目回來之後的感觸，發表了出來。

裏面所說的一些趣事，連帶著還有節目的影片，倒是博得大家一樂。尤其是這樣的影片與文字結合的形式，給了賈似道很深的印象。再看到鑒賞古玩的同時，還有娛樂明星在邊上發表一些看法，雖然某些觀點在賈似道看來很可笑。

比如，原先賈似道比較欣賞的一個電視主持人，在評價翡翠白菜的時候，竟然說這東西看著太過真實了，反而失去了翡翠這種材質原本的冷豔感，就好像是家裏的大白菜一樣，看得多了，就沒啥感覺了，引起現場的觀眾一陣叫好。

暫且不管對錯吧，賈似道倒是對於參加這樣的節目，頗有些蠢蠢欲動起來。

而像「曾是刀客」這樣的見過面的熟人，在知道賈似道在平洲、準備去參加揭陽的翡翠公盤之後，自然是要求賈似道多拍幾張照片了。他們雖然人不能親自前來，但是看看照片，過過癮也是不錯的。

賈似道不禁沒好氣地回了一句：老刀，你人在雲南，難道還沒看過翡翠公盤啊？

人家回了一句：雲南的刀，和廣東的刀，會是一樣的嗎？

賈似道頓時愕然，苦笑著不知道說什麼好了。不過，拍些公盤上翡翠毛料的照片，幾乎是不太可能了，這可是行業禁忌。

如果沒有邀請函的話，恐怕連翡翠公盤的大門都進不去吧？

至於老刀的請求，賈似道琢磨著，倒是可以去揭陽那邊，找幾家給翡翠成品拋光的店鋪，拍幾張照片，讓他過過癮也好。畢竟，揭陽地區的拋光產業，可是非常出名的。另外，別人的翡翠毛料沒有辦法拍到，賈似道自己的卻無所謂。

想到這裏，賈似道有些蠢蠢欲動起來。雖然，網路的世界相對來說，高端的客戶比較少，但是，偶爾放幾張極品翡翠的照片，增加一些知名度，也是個不錯的辦法吧？天下論壇裏，可是各式各樣、各行各業的人都有。連劉宇飛、王彪這樣級別的翡翠商人都在，難保不會出現什麼大客戶呢。

隨後，流覽了幾個帖，賈似道就轉而查找起春帶彩的資料來。

這玩意兒，在上世紀九十年代初的時候，在一種名叫凱蘇的翡翠毛料上，倒是經常有切出紫色、綠色，並且水頭比較好的翡翠，但是，沒過上半年，就幾乎被挖完了。到了現在，好的春帶彩翡翠自然是比較少見的，其價值也是一路走高。

至於其他場口的翡翠毛料，想要開出春帶彩翡翠來，其機率也就要小很多。最有可能的，就是一些老坑種的翡翠毛料，出現高綠甚至是多彩的情形，還算是比較可靠的。賈似道琢磨著，就切出春帶彩的這塊造假的翡翠原石而言，其本身是塊老坑種，肯定沒問題。即便不看切石的結果，就根據其整塊翡翠原石的細膩程度，就可以斷定出來。

再聯想到是造假成帕敢的烏沙原石，那麼，它的底細，在賈似道的腦海裏，自然而然地就浮現出「南奇場口」這幾個字來。

和帕敢的烏沙原石不同，南奇場口的烏沙原石，其表面的表現，多半偏灰黑色，甚至還有可能出現一抹藍色，如果不仔細看的話，兩者倒也有些相似。只不過，南奇場口的烏沙原石，只有小塊的時候，往往會有上佳品質翡翠的出現，不管是質地，還是顏色，都可能是極品。而原石越大，則越難有高翠出現。

也無怪乎，這麼大一塊翡翠原石中，五六十公斤重，卻僅僅只有兩個拳頭大的地方才是春帶彩了。這樣的機率，真要算起來，都已經是很不錯了呢。

想明白這些之後，賈似道心裏歎了口氣。

很多人，即便已經收到了一塊上佳的翡翠原石，要是沒有一點運氣的話，還真不太容易完全就屬於你。這塊翡翠原石，最先切開的人沒有運氣得到，作假的人同樣沒有得到，周老闆、郝董、楊總等人，都和這塊春帶彩擦肩而過了，不能說不是一種遺憾。

恐怕這個時候的他們，在見到真相之後，心裏會升起一種無力感吧？與此同時，賈似道也覺得自己當場切石，著實是有些孟浪了。都說財不外露，那個時候，僅僅是想要看看金總幾人的嘴臉，怎麼就沒有忍住呢？

還是太年輕啊！

賈似道感慨一陣，就下網洗澡睡覺去了。

待到第二天一早，賈似道便又開始了忙碌，不是去賭石，而是把原先賭到的原石打包運送到臨海去。為此，還請來了王老闆幫忙，尤其是有了春帶彩這樣的明料翡翠之後，賈似道勢必變得更加小心起來。為此，花費一筆不菲的運費，也在所不惜了。

然後，賈似道直接打電話通知了阿三，讓他到時候幫忙簽收，東西暫時就寄存在周大叔的廠房裏，賈似道這才放鬆下來。而時間，也已經到了中午。為了感謝王老闆，特意請他吃了一頓中飯。算是感謝，也算是告別。賈似道便上了去往廣州的火車。

這個時候，不管是平洲的翡翠原石也好，還是暫時還待在平洲的王老闆、郝董，乃至於是紀嫣然等人也罷，都開始統統退出了賈似道的腦海。似乎一旦離開了平洲這個小鎮，賈似道整個人，就斬斷了和平洲的一切聯繫，重新踏上了新的旅程。

到了廣州之後，人還沒下火車呢，賈似道就頗有點哭笑不得了。原因，則僅僅是一個電話。

「小賈，你現在人在哪裏啊？」電話的那一頭，是李詩韻的聲音。

賈似道自然立即應了一句：「我還是在廣東這邊啊。」不過，想到這個時候李詩韻會給他打電話，自然不會如此簡單，心裏一動，就問道：「啊，對了，李姐，該不是你已經到了廣東吧？」

「什麼廣東啊，我現在人都已經在平洲火車站了呢，怎麼樣，是不是很驚喜啊?你在哪裏啊，趕緊給我過來吧。」李詩韻不無得意地說了一句。

不過，賈似道卻無語了：「呃，李姐，我人已經回到廣州了。」賈似道只能實話實說了。

李詩韻的話語中，短暫出現的一絲曖昧情緒，完全被賈似道給忽略了。這會兒，賈似道所乘坐的火車，正剛剛進入廣州站呢。

話的那一頭，頓時也變得沉默起來，過了好久，正當賈似道琢磨著，李詩韻是不是已經掛線了的時候，淡淡的聲音才再度傳了過來：「那我現在就回廣州吧，到時候，你可要出現在火車站啊。」

然後，就只聽「啪」的一聲，電話掛線了。與此同時，行駛著的火車，也恰恰穩穩地停了下來。賈似道走下了火車，而他的心，在此時此刻，卻似乎還遺落在了火車上。抑或是，那條通向平洲的鐵軌上。

說起來，平洲到廣州的路程，也不過是四五十分鐘的事情。但是，此時站在廣州火車站的賈似道，卻覺得這幾十分鐘的時間，倍顯漫長。

如果說李詩韻從杭州到這邊來，最先抵達的就是平洲的話，恐怕連賈似道自己都不會相信。要知道，不管是坐飛機又或者是坐火車過來，廣州是必須經過的吧?人家沒有直接到揭陽去參加翡翠公盤，而是眼巴巴的一個人跑到平洲去，這讓賈似道的內心裏，多少有了些感動。

而隨著等待的時間逐漸過去，這種感動似乎也在逐漸增加。很難說清楚，一個人在心中開始很明確地等待著另一個人出現的時候，他的心裏究竟會想些什麼。賈似道的腦海裏，時而泛起和李詩韻見面時候的那些場景，又或者就是在通電話的時候，根據對方說話的語氣，來琢磨出的她那會兒在電話那頭的舉動。

總而言之，賈似道總算是在短短的幾分鐘之內，就體會到，等待其實也是一件很痛苦，卻又很微妙的事情！尤其是在所等的對象，還是一個美麗的女人的時候。

當然，所有的美麗，都只是存於賈似道對於李詩韻的美好印象。當李詩韻本人突然間出現在賈似道的眼前時，原先的那些虛幻的景象，轉瞬間就成為了真實。

而廣州邊的天氣，此時算是一年中最為炎熱的時候了。李詩韻的穿著，相比起以往賈似道所見到的，要更少更暴露一些。

賈似道的腦海裏迅速就閃現過一想法，想要把眼前的美麗徹底佔有。不過，就在李詩韻對著賈似道笑，用盈盈的眼光打量著賈似道的時候，即便沒有任何的言語，那瞬間賈似道卻感覺到自己的等待，似乎也不是這麼痛苦了……

賈似道見到王彪的時候，他正和朋友一起，待在廣州市區內的一家賓館裏。不管賭石商人的身價，全國各地尤其是廣東、雲南等地的賓館，也算是頗為熟悉的了，不說常客，也一定比較瞭解。

不過，很出乎賈似道預料的是，王彪電話中所說的那個朋友，竟然是個女的。

賈似道不禁打量了她一眼。這個女人的年紀比王彪要稍微小一些，大概在三十多歲左右。姿色嘛，在賈似道看來，應該很有一些別致的風情。尤其像是來自江南的女子，身段婀娜。

下意識的，賈似道就對著王彪不懷好意地瞥了一眼。嘴角的笑意，自然也難逃王彪的視線了。再看王彪和那女人的神態，不用多想也知道是怎麼回事了，賈似道心裏還頗有些後知後覺地感歎著。難怪王彪昨晚不願意回到平洲那邊去呢。

不過，僵持的氣氛，只是一瞬間就消散了，王彪故作不在意地咳嗽了幾下掩飾過去，也沒有什麼好解釋的，尤其是這會兒，在賈似道的身後，還站著一個李詩韻呢。對於李詩韻的美麗，王彪初見之下，也頗為詫異，但是很快的，就給賈似道回敬了一個曖昧的眼神，彷彿事先賈似道對他的挖苦，就該有這樣的回報。

賈似道不禁苦笑不已，在此之前，當李詩韻決定趕來廣州的時候，賈似道就猜到了王彪肯定會誤會。不過，賈似道和王彪一樣，同樣沒有什麼解釋。男人嘛，這種事情解釋多了，反倒是有些欲蓋彌彰了。

雙方互相介紹了一下，那女人叫做劉芳，四個人便坐在一起吃了頓晚飯。劉芳也是玩古玩的，賈似道問起她昨天的經歷的時候，見到她臉色上還有些驚恐的神情，賈似道也就索性不問了，轉而交流起彼此的收藏來，倒是把王彪給聽得一愣一愣的。

末了，王彪還裝模作樣地感歎了一句：「老哥我還真沒看出來，小賈你竟然還玩古玩啊。」一句話，不僅引來了賈似道的不滿，連帶著劉芳也白了王彪一眼。這話語，好像是說賈似道興趣廣泛，但卻是有些不太看得起玩古玩的人，也難怪劉芳有反應了。

「你沒看出來的，還多著呢。」賈似道如此搪塞了一句。只要話題說開了，幾個人之間的氣氛也就融洽了。

不過，在劉芳介紹了一些自己的收藏之後，賈似道卻發現，她基本上是在「以藏養藏」。古玩市場上這樣的人，還真不少。不然，普通的玩家，壓根兒就沒有那麼多閒錢。簡單地說，就是淘換到什麼好東西，出手之後，轉而再淘一些自己喜歡的東西。在這一點上，和賈似道的情形有點類似。

無非賈似道是靠賭石來賺取資金，然後再從事古玩收藏而已。

而且劉芳所鍾愛的東西，也大多為一些精巧的雕刻作品。比如，最為讓她得意的就是一件牙雕，是亞洲象牙的，即便只是簡單地形容了一下，還沒有看到實物，賈似道也完全可以想像出其工藝的精美。另外的，犀杯什麼的也還有一些，只是沒有大件的。

小而精，恐怕就是劉芳最大的喜好了。據她自己介紹，對於東南沿海這一帶的古玩市場，她還算是比較熟悉和瞭解的。

而劉芳和王彪的相識，是在一次拍賣會上，從一件翡翠雕件開始的。因為涉及兩個人之間的情感，賈似道也不好八卦。只是在聽到這裏的時候，一直不怎麼說話的李詩韻，卻摻和了幾句，讓賈似道頗為訝異。尤其是在知道王彪家裏還有妻子的時候，那看著賈似道的眼神，似乎突然間就多了幾分黯淡。

賈似道也只能是放在心裏嘀咕著，似乎劉芳的這一切，和他應該都沒有什麼關係吧？再怎麼著，也還有王彪墊著呢。也不知道李詩韻那眼神，究竟是什麼意思。

當然，劉芳的家底，是比不過王彪這個翡翠大商人的。兩個人也很少待在一起，最多就是王彪到南方賭石的時候聚上一聚。而對於古玩，更多的時候，劉芳會時常地去小型拍賣行看看。

那裏的東西，定價並不一定準確，只有在眼力上過硬了，就有可能以相對較低的價格淘到一些好東西。相比起在古玩市場尋找撿漏，機率要高上許多。作為女人，又經常是一個人出去，並不太適合經常去鄉下收東西。要不然，昨天的事情，還有可能會發生。

說到最後，劉芳還特意邀著賈似道，要是有機會的話，可以一起去拍賣會上看看。而且，要是賈似道有什麼收藏，是需要通過拍賣行來交易的話，完全可以找她來牽線。這可不僅僅是看在王彪的情面上，王彪自己就偶爾會把一些積壓的翡翠成品，又或者是剛出來的新品，拿到拍賣行去交易。

一來，可以擴大他的市場；二來，劉芳也能獲取一定的利益。賈似道自然也應允了。

飯後，或許是因為旅途勞頓的關係，李詩韻並沒有出去走走的打算。賈似道便開了兩個房間，安頓下來。只是，在開房的時候，王彪看著賈似道的眼神，非常怪異。之後，王彪還特意一個人前來找賈似道，傳授一些追求女人這方面的心得體會，弄得賈似道很有些面紅耳赤。好在王彪是單獨過來的，而李詩韻這會兒，也正在自己的房間中，兩個人說話倒也無所顧忌。

隨後，說到正事，王彪不由得稱讚起了賈似道在賭石上的眼力和運氣。

「恐怕你還不知道吧，幸虧你今天就來到了廣州。平洲那邊，可是傳出你切出春帶彩的事情了，而且，還傳得比較厲害。」王彪解釋道，「要是你人還在那邊的話，恐怕免不了要被人騷擾。」

對此，賈似道也只能攤了攤雙手，說道：「應該是郝董那邊流出來的消息吧？」如此看來，郝董對於沒有收到這塊春帶彩翡翠，並未死心啊。

「這個可就難說了。」王彪畢竟是混這一行的，思考的方式，更加實際一些，看到賈似道那有些不信的眼神，便提醒了一句：「楊總、周老闆那幾個人，是不可能走漏消息的。對於他們來說，看走眼了，流傳出去，在名聲上也不好聽。但是，你想想，除去郝董之外，是不是還有其他人知道這件事呢？」

「莫非是董經理？」賈似道困惑著，轉而就微微搖了搖頭，覺得不太可能。要真是董經理的話，其實說是郝董，壓根兒就沒有什麼區別。突然賈似道心裏一動，問道：「你是說作坊那邊的人？」

王彪聞言，微笑著點了點頭，說道：「如果我是小作坊的老闆，突然有人在我的作坊裏切出一塊極品的翡翠來，恐怕我也會毫不猶豫地宣傳出去的。」

這倒是實話。如此一來，可以打響作坊的名氣不說，還能因此而招攬到更多的生意，其他的一些賭石商人，興許還會對這間小作坊趨之若鶩呢。就好比一個福利彩票站，在售出了頭獎之後，恐怕其他的彩民會瘋狂地湧進來相繼購買吧？

或者說，王彪願意讓劉芳牽線，把自己的翡翠成品，拿到拍賣行去競拍，也是存了這樣的心思吧？

這年頭，哪怕好的東西，要是不懂得炒作的話，估計也就是孤芳自賞了。

想明白了這些之後，賈似倒是覺得，自己切出了一塊春帶彩的翡翠來，也不見得就是件壞事。好歹，賈似道也算是不大不小地出了一次名了。要是下次再到平洲賭石市場，又或者是在揭陽的時候，遇到一些翡翠商人，也能有個說話的機會。

要知道，在老闆的作坊裏，王彪切石的那個晚上，賈似道和那些大商人們站在一起，總是不自覺地就感到一股彆扭。

「對了，小賈，我們是先在廣州待上幾天呢，還是明兒個就趕往揭陽那邊？」王彪問道。

「王哥你來安排吧，我反正都是無所謂的。」賈似道應道，「你也知道，我對這邊不是很熟悉。要是去揭陽的話，倒是可以找劉宇飛出來，讓他幫忙熟悉一下門路。不過，在時間上，就看王哥你怎麼安排了。」

「真的無所謂，由我安排？」王彪問著，還特意瞥了一眼左邊牆壁的方向。在牆壁的那一邊，正是李詩韻的房間：「不需要和她商量一下？」

「瞧你說的，都說了李姐也是做翡翠生意的。來這邊，自然是沖著翡翠公盤來的，你愣是不信，我也沒有辦法。」

「不過說真的啊，那女人還真的挺不錯的。小賈你真要有心的話，可千萬不要錯過了哦。」王彪笑著說，「尤其，人家還是你的同行，這個可是很難得的啊。對了，我看小賈你應該還沒有女朋友吧？」

「王哥，這話就打住吧。」賈似道打斷王彪的話。要不然，還真不知道他會說到什麼地方去。在晚飯的時候，就因為王彪的一些無傷大雅的話，卻又暗有所指，才讓李詩韻早早就躲進自己的房間裏去了！

「好吧，不說就不說。不過，咱也定下來。明天上午就過去吧，先到幾天也好。在平洲的時候，我答應你要去看貨沒有兌現，老哥就帶你去揭陽那邊，找幾個大客戶作為補償，怎麼樣？」

說起來，對於王彪這樣的人而言，實現一個承諾，遠要比多賺一點點錢重要得多。商人雖然逐利，卻也有不少自己要堅守的東西。

見到賈似道點頭同意之後，王彪才長舒了口氣，站起來，拍了拍賈似道的肩膀，說道：「那就這麼說定了。趁現在離翡翠公盤開始還有一些時間，先找點毛料練練手也是個不錯的選擇。我也該先走了。你也早點休息吧……」

「行，那我就等著明天到揭陽先幹上一票，然後我們再一起去找劉宇飛，狠宰他一頓好了。」賈似道應道。說起來，既然都到揭陽地區了，還怕沒有機會去敲詐一下劉宇飛嗎？

不過，就在臨出門的時候，王彪卻特意回過頭來，問了一句：「對了，小賈，你晚上真的就睡在這個房間裏？」一邊說一邊指了指隔壁，肆意地笑了笑，才轉身離開。

賈似道一時間也不禁對著牆壁發起呆來，正想是不是要和李詩韻交代一下呢。畢竟人家一個人趕到廣州，為的就是和賈似道一道去揭陽賭石。

尤其是對於李詩韻白跑了一趟平洲，一無所獲，還要匆匆趕回廣州來。一想到這個，賈似道的心裏，就覺得有些過意不去。

而且，下午的時候，賈似道一直都沒有怎麼和李詩韻交流賭石上的事情，只是簡單地聊著天，彷彿時間過得很快，兩個人相遇之後，就匆匆地前來與王彪會面了一樣。中間的那些時間，都不知道聊的是什麼。

到現在為止，賈似道還不知道李詩韻此次前來賭石，帶著什麼樣的目標呢。

賈似道倒是不介意，在恰當的時候，幫李詩韻在賭石上把一把關，不能說是在翡翠公盤上穩賺，起碼也不會讓她太虧。

正琢磨著要不要過去看看呢，李詩韻彷彿心有靈犀一樣，打電話過來了。突然響起的鈴聲，嚇了賈似道一跳，心中的那點點旖念，似乎一下就煙消雲散了，反而多了一種淡淡的暖意。

不過，即便是賈似道心裏想著，是不是要詢問一下生意上的事情，但是，一和李詩韻說開了，就有點忘記正事了，賈似道也不知道，自己是怎麼搭的話。說起來，他和李詩韻之間，更多都是電話的交流。畢竟，兩個人見面的時間，實在是太短太少。兩個人都有些習慣這樣的交流方式了。

待到掛上電話，竟然已經是半個小之後，賈似道看了看時間，臉上一陣苦笑。怎麼就有些患得患失了呢？

慶幸的，恐怕就是賈似道在剛接電話的時候，說了明天一早，就要一起去揭陽吧？要不然的話，賈似道還要再打一通電話回去。

待到第二天早上，四個人起來後，吃過早飯，再收拾了一下，主要是兩個女人需要收拾行李，然後，再一起去往揭陽。只是路途比到平洲要遠上一些。王彪和劉芳，坐在一起，彷彿是要故意刺激賈似道和李詩韻一樣，刻意做一些曖昧的動作。

賈似道和李詩韻，很乾脆地共同選擇了視而不見。不過，與此同時，賈似道瞥了眼李詩韻的神情，卻見她不施粉黛的臉蛋上，微微有些紅暈，映襯著那精緻的五官，一時間，就有些不願意移動開視線了。

也許是注意到了賈似道的目光，李詩韻眼眸一轉，就明白過來，臉上露出笑意的同時，也有些著惱，沒好氣地白了一眼，倒是讓賈似道愣了愣。

那種淡淡的，不經意間的風情，還真讓賈似道的心跳了一下！

賈似道當即不再對視，下意識地把視線瞥向了窗外。不過，隨即他就覺得，自己的選擇，似乎有點做賊心虛、欲蓋彌彰的意思。不由得再度回轉過頭來，強自鎮定地繼續看向了李詩韻。

「你呀，沒個正經的，竟然連老姐也敢這麼盯著看。」李詩韻倒是收起了她那充滿魅惑力的眼神了，不過，話語裏可沒有絲毫饒過賈似道的意思，問道：「是不是覺得老姐長得還算比較好看？」

「那是。」賈似道總不好違心地說不是吧？美麗的女人總會有這般自信吧。李詩韻如此說法，賈似道也沒有覺得意外。

「嗯，看你也不小了，就別再看你老姐了，還是趕緊去找個漂亮的女朋友來，到時候，可以天天讓你看……」李詩韻說著說著，聲音卻漸漸地低了下去，連她自己也有些詫異。這樣的話語，恐怕只有在電話中，兩個人才說得出口吧？

看到賈似道那有些怪異的眼神，李詩韻立即轉移了話題，說道：「小賈，你也知道老姐我在賭石上是不太懂行的。到了揭陽，你可得幫我把把關，就當是你讓我白跑了一趟平洲的補償吧。」李詩韻的神色就變得坦然起來。好像賈似道幫助她是天經地義一樣。

賈似道自然是笑意盈盈地答應下來，大有不賭到好的極品翡翠原石誓不甘休的架勢，惹來李詩韻一陣輕輕的笑聲。雖然表面上倆人之間的氣氛非常融洽，談話的語氣也很隨意。但是，賈似道卻覺得，彷彿在兩個人之間，總有薄霧一樣的情愫，李詩韻和賈似道似乎都在刻意淡化著先前的那一番曖昧語氣。

李詩韻可以無意間說到自己的漂亮，賈似道也可以發自真心地讚揚，到了這會兒，兩個人更多地談起關於翡翠上面的事情來。只有偶爾那幾個對視的眼神，會心的微笑，才是真實心情的表示吧！

車進入揭陽地區之後，不光是賈似道和李詩韻，就是王彪那倆人，也是精神為之一振，變得有些期待起來，那種故意刺激賈似道的行為，早在看到賈似道和李詩韻坦然說笑的時候，就已經停止了下來。

走下車，王彪給人的感覺，就像是即將征戰的戰士，連帶著王彪身邊的劉芳彷彿也受到了感染一樣，臉上竟然有種從未有過的神采。而這種感覺，賈似道完全可以清晰地感覺出來，和李詩韻對視了一眼，心裏明白，這或許才是王彪這樣的大商人所具備的一種氣勢吧。

賈似道覺得自己是沒有的。不過賈似道因為自身擁有特殊能力的保障，因此對於即將開始的翡翠公盤大戰，也是一副成竹在胸的模樣。

「走吧，既然到了揭陽，先解決一下肚子問題。」王彪看到隨行的人員之中，竟然也有幾個熟悉的面孔，對著賈似道示意了一眼，隨後笑著說：「說起來，這還要托她們兩位的福呢。」

「為什麼？」賈似道看了一眼李詩韻和劉芳，不解地問道。

「你想想，要是就我們兩個一起，走到哪裏，還不都是以生意為主啊，我們兩個大男人在一起的時候大吃大喝沒有？現在嘛……」王彪頓了頓，「走吧，你們一起去嘗嘗這邊的特色菜，我也沒有吃過幾次。但是有幾家比較出名的，還是多少知道一些的。」說著率先走出車站。攔了一輛計程車，王彪坐在副駕駛座，其他三個人自然是坐在後排，王彪一副東道主的架勢。後面三人也樂得他一個人去忙活。不過，在進入了酒店，點了幾個菜之後，賈似道反而是對這邊的菜肴，多了幾分興趣。

據服務員的介紹，這邊揭陽地區的菜，屬於廣東菜三大菜系中的潮州菜。別的暫且不說，這潮州菜的名頭，賈似道還是聽說過的。其烹製也極具嶺南飲食文化特點：選料考究、製作精細、刀工精巧。燜、燉、煎、炊、炒、清、淋、齊備，清而不淡，鮮而不腥，鬱而不膩。色、香、味、美俱全。

當然，因為靠近海邊的緣故，揭陽菜以烹海鮮見長，湯菜、甜菜、素菜也各具特色。

王彪一口氣點了好幾道菜，生炊龍蝦、鴛鴦膏蟹等，倒也清鮮甜美、原汁原味。至於其他的，賈似道就叫不上名了。

說起來，臨海市雖然也靠近海邊，但說到海鮮，除去三門青蟹比較出名，賈似道每年會吃上一些外，其他的就不太瞭解了。這個時候，賈似道忽然感覺到，似乎走的地方越多，對於自己家鄉的瞭解就顯得越少了。

好在，走的地方多了之後，口福應該也少不了吧？

這也算是在外風餐雨露中的一種好處了。原本賈似道還想問一下，接下來下午的時間具體安排，但是看王彪的意思，似乎一點也不著急，賈似道也就不去催他了。

有兩個女人跟在身邊，看著挺養眼的，而且走在街上，別人見了也挺羨慕的，但是論到真正要做生意的話，還是頗有些麻煩。唯一的好處，就是心情會舒緩很多。用來作為參與賭石之前的調節，卻也很不錯。

只是，讓賈似道彆扭的是，劉芳自然是和王彪一道，挽著手走在前面。他和李詩韻跟隨著，走得靠近一些，不太合適，有點忍受不了街道上他人的曖昧目光，但要是分得稍微遠一些，那就更不合適了。

一時間，賈似道忽然感覺到，自己有點邯鄲學步，不會走路了。

李詩韻大概也看出了賈似道的尷尬，不禁粲然一笑，反而主動走到賈似道的身邊，很自然地就學著劉芳的動作，挽起了賈似道的手臂，整個人幾乎要完全地靠在賈似道的身上了，遠遠一看，還真有點依偎的感覺。

雖然在女人當中，李詩韻的身高也算是比較出眾的了，但是站在賈似道的身邊，卻又顯得有點小鳥依人一樣，看著非常般配。

一開始，賈似道的手臂有些僵，李詩韻白了賈似道一眼，說道：「你可不要多想。」然後，還煞有其事地解釋了一句：「老姐我只是覺得，在這種情況下，應該照顧一下你這個小弟弟而已。」說著，還對著賈似道，用眼神示意了一下前面的王彪，故意大聲地說了一句：「你那王大哥啊，太不厚道了。分明是想要看我們的笑話嘛，那我們就乾脆如他所願好了。」

就在此時，似乎是發現了李詩韻的舉動，王彪回轉過頭來，對著賈似道和李詩韻訕訕一笑。

不過，賈似道可是沒看出他有絲毫尷尬的意思，反而感覺到王彪此時表現有些幸災樂禍，甚至是不懷好意。而和他走在一起的劉芳，回頭看到賈似道和李詩韻的舉動之後，不禁扯了扯王彪的手，兩個人逃也似的，快走了幾步，拉開了距離。

賈似道還有些愣神呢，想要對著李詩韻說點什麼，卻又不知道該說什麼好了。

「真是便宜你了。」最終，還是李詩韻用挽著的手，碰了碰賈似道，示意他快走幾步，跟上去。不過，或許是因為兩個人的距離已經非常接近了，李詩韻這麼一個動作下來，賈似道忽然就覺得，自己整條手臂的感觸都清晰了起來，尤其是李詩韻輕輕地依靠在手臂上，時而傳來的柔軟，讓人想入非非。

這種清晰的感觸，相比起特殊能力的感知來，卻更加讓賈似道嚮往。一時間，兩個人就這麼走著，一路無語。

直到賈似道感覺到自己的手臂，這麼一直如此故作鎮定地虛垂著，實在是太累人了。走到最後，索性也就想開了，反而自然了很多。隨著兩個人走路的動作，身體上的磕磕碰碰，也就更加頻繁起來。再看此時的李詩韻，雖然沒有什麼特別的反應，但是，其臉上淡淡地泛著一抹紅暈，格外吸引人。那不經意間轉過頭來，對著賈似道的眼神，也似乎沒有了平時那樣的清澈。那嬌柔的模樣，似是嗔怪，又似曖昧。

賈似道不禁心情大好。看來，在這個時候，也不止是他一個人失神啊……

待到回到車站之後，一行四人才恍然間現，竟然就這麼走了一路，不疾不徐地就全程走回來了。

王彪樂呵呵地一笑，劉芳也抿著嘴，看著賈似道兩個人。賈似道咳嗽了幾聲，掩飾尷尬，反倒是一直主動著的李詩韻，這會兒卻鬆開了挽著賈似道手臂的雙手，連那明媚的雙眸，也裝著很無意地看向其他地方，頗有些掩耳盜鈴的感覺。

為此，王彪還特意給了賈似道一個讚賞的眼神呢，然後就在賈似道和李詩韻的身上來回打量著。看得倆人之間，似乎硬生生的，有著那麼些說不清道不明的關係一樣。

直到此刻，賈似道才忽然發現，有時候所謂的浪漫，僅僅是最簡單的走路而已。又或者，就是別人那不懷好意的曖昧眼神！

到了這時候，一行人也實在是累著了，很快就搭上了去往陽美的車。看著坐在副駕駛座上，和司機爽快地搭著話的王彪，賈似道不禁有點哭笑不得。至於李詩韻，恐怕現在這會兒有點恨得牙癢癢了吧？當賈似道注意到李詩韻的臉上那兀自變幻著的神態的時候，心裏忽然就覺得，這一次的路途，在充滿了驚喜的同時，也充滿了別樣的意味！

第九章

賭石的黃金時間

賭石的人，一般都不會趕早，鬼市除外。
所謂的「燈下不觀色」，那是外行人的想法。
真正有賭性的翡翠原石，
它的主人自然為自己營造有利的環境。
哪怕是你白天要去看貨，
人家也會弄個黑漆漆的小黑屋給你待著。

整個陽美村，幾乎所有的村民都在從事著與翡翠相關的生意。或者從事翡翠原料的加工生產，或者僅僅是從事翡翠成品的貿易，而更多的自然是從事翡翠原料的源頭——賭石這個行業了。迄今為止，可是已有了近百年的歷史了。

不說在廣東的，就算是在全國範圍內，如此集中的翡翠生意，如此高速發展的經濟規模體系，卻又僅僅是出現在一個小村裏，實在是不多見。要知道，即便是相比起平洲那邊來，陽美村的大小玉器加工作坊以及翡翠貿易公司，也無疑要多很多。

網路上資料顯示，整個陽美村，大概只有五百多戶人家，而參與到翡翠相關生意的，就有四百多戶。專業從事玉器加工貿易的人員達到了一千五百多人。

這是什麼樣的概念，賈似道不是很清楚。但是，陽美被稱之為「玉都」，絕對不會是浪得虛名了。要知道，陽美村產銷的玉器從數量和品質上都已經超過了香港，躍居成為世界上最大的高檔玉器集散地。

當賈似道四人達到陽美之後。第一個震撼就是在這樣的村裏，竟然有著五星級的酒店。

也許是看到了賈似道詫異的目光，王彪卻「呵呵」一笑，說道：「走吧，我們還是趕快進去先訂下房間再說。說不定，裏面的客房還比較難定呢。然後再帶你去個地方，好好感受一下這裏的賭石氣氛，不要對這家五星級酒店驚訝了，在市場經濟的情況下有什麼樣的需求，就有什麼樣的設施，對不？」

「那倒是。」賈似道聳了聳肩，看了李詩韻一眼。二話不說，拉著李詩韻的手跟上了王彪倆人的腳步，對此李詩韻也已經有些習慣了，似乎漸漸地也有了這樣的默契。只是，在想到王彪和劉芳的關係之後，李詩韻先前看著賈似道一直還頗有些猶豫的目光，反而變得更加堅定了起來。

對此，賈似道並未察覺。

四個人還是開了三個房間。王彪所謂的客房難定，也是故意說說而已。為此，王彪繼續著他的調侃，劉芳也在邊上搭著腔。然後，就在一種怪異的氛圍中，各自去到自己的房間，梳洗一下，尤其是兩個女人，坐車之後，又是炎炎夏日，打理起來總需要比男人來得更加麻煩一些。等到她們放置好隨身帶著的挎包之後，四個人才一道在陽美逛起來。

說是逛吧，這會兒的心情，與在揭陽市區的時候又有所不同。幾人看著寬敞的街道以及街道邊那緊挨著的作坊，完全可以充分地感受到那種濃郁的翡翠文化的氛圍。

就連剛才坐車那會兒的司機，看到王彪幾人，開口第一句話，就是詢問是不

是去陽美做翡翠生意的呢。似乎揭陽地區的翡翠公盤的日子還沒有到來，這小小的陽美村就已經開始了預熱一樣。

不過對於這邊的計程車司機，表面上，王彪對他們也很熱情。但是，在下了車之後，王彪卻告誡賈似道幾人，要是以後單獨前來，還需要多長個心眼。畢竟，能來陽美的，大多是衝著這邊的翡翠生意。每個人不說家財萬貫吧，至少不會是窮鬼。要是坐計程車從市區內趕到陽美村，很多時候，司機會給客戶們故意兜上一圈，以增加自己的收入。少數時候，還能狠狠地宰你一頓呢。

而用王彪自己的話來說，剛才他那一副很熟絡的樣子，無非是隱晦地告訴司機，自己對於這一帶很熟悉而已。聽得邊上的賈似道三人一驚一詫的。

尤其是李詩韻，還下意識地拍了拍自己的胸口，那情不自禁的動作，無不訴說著一個人出門在外做生意，實在是不太容易，尤其還是一個女人的時候。

想到這裏，李詩韻頗有深意地看了賈似道一眼，彷彿賈似道的存在，可以讓她安心不少，而衝著王彪好奇地問道：「對了，王哥，那照你這麼說，這邊豈不是很不安全？」

「那倒不會。」王彪淡淡地說，「只要你人在這個村裏，就沒有人會對你的安全構成威脅。除非，除非你做了一些不該做的事情……」要不然，陽美又怎麼能衝出廣東，面向全國，走向世界呢？

隨後，由王彪帶路，幾個人跟著他來到事先電話中約好的地點，一家在陽美村裏非常普通的翡翠公司。王彪給賈似道幾人介紹了一下，對方公司的老總姓洪，和王彪也算是老朋友，看上去比王彪要更大一些。據王彪所說，洪總的賭石經驗已經不下二十年。

至於王彪帶著幾人到這裏來的目的，自然是想要請教一下，今天晚上的時候幾人應該去哪裏，才會比較熱鬧。要知道，整個陽美村，幾乎天天都有賭石、切石的事情在發生著。

如果你在這裏沒有一定的消息網，壓根兒就不可能參與到真正的賭石事件中去。

那些表面上的賭石，比如街頭巷尾的那種，更多的則是吸引一些外行人罷了。對於賭石行業內的人，像賈似道、王彪這樣的自然是吸引力不大。只要兩個人願意的話，每時每刻都可以成為這種賭石、切石的主角，又怎麼會去觀看、欣賞呢？

除非是那種價值很高的原石，又或者是貨主言明了可以在切石之後，大家出手收購的那種，要是有好的翡翠切出來，王彪倒也樂意收上來。不過，這樣的機

率實在是太低了。一般，只要是行業內，除非是資金周轉不靈的時候，就好比是王彪在平洲玩的那一手，不然，很少有人會當著很多翡翠商人的面進行切石。

更多的時候，都是悶聲發大財。比如王彪，要是賭到一塊品相不錯的翡翠原石，基本上不會選擇當眾切開來。其他對這塊翡翠毛料有興趣的商人，想要知道這塊翡翠毛料內部情況，恐怕也只有在王彪的翡翠公司日後出售的翡翠成品上，來大致推斷出毛料究竟是切漲了，還是切垮了。

這可是需要非常專業的眼光和推斷力的。賈似道現在自然是學不來。怕就是一件完整的成品翡翠擺放在他眼前的話，並且告訴他，整塊翡翠原石切出來的翡翠，就做成了這麼一件翡翠作品，他也很難推斷出，這塊翡翠，究竟是從什麼樣的原石裏面切出來的。

而王彪經驗豐富的翡翠商人，卻完全可以根據一件作品，來想像出翡翠原石的形狀、場口、外皮表現等等。

只是，在交談的時候，王彪和洪總兩個人，卻都是謙遜而客氣的，互相客套著。似乎只要邊上的人不問，他們就不願意過多地說起自己賭石的事情一樣，頗有點看透賭石行業，成為世外高人的感覺。至於他們那些壓箱底的本事，那就更加不會輕易說出來了。同行之間，經驗和財富都喜歡藏著掖著。

一直以為有了請教機會，可以長一些見識的賈似道，看著王彪和洪總客套的模樣，心裏總覺得空落落的。

唯一的驚喜，恐怕就是剛一開始的時候，洪總對王彪很不見外地說了一句：「你倒是懂得挑時間趕過來，晚上還正有一場好戲可以看呢。」

這讓賈似道不由得對於晚上的所謂好戲，期待萬分。

隨後，在王彪和洪總兩個人很空洞地交流得差不多的時候，賈似道看到李詩韻與劉芳都有點心不在焉了，只是表面上不太好當即說出來，強撐著等待而已，這才對王彪打了個眼色，撇頭示意了一下外面。

王彪會意地點了點頭，對洪總說：「老洪啊，你看，我這幾個朋友是第一次來你們陽美，而且，更為難得的都是比較喜歡賭石的。你看，是不是可以向他們開放一下你的公司呢？不用看你的那些寶貝收藏，就是看看翡翠的製作、儀器什麼的就可以了。」

「呵呵，既然你都這樣說了，那我自然是要答應的了。而且，我哪來的什麼寶貝收藏啊，能比得過你王大老闆？不過，他們幾個都是第一次來？」洪總倒是不客氣，說完了還特意看了一眼劉芳，似乎意有所指。

賈似道看著兩個人的逗趣，不自覺地就笑出聲來，惹得王彪頗有些尷尬，不

禁狠狠地瞪了賈似道一眼。不過，賈似道對此，卻是絲毫不在意，反而笑得更加肆意起來。

連邊上的洪總，也跟著樂呵呵地笑著。

倒是劉芳這會兒的表情，有點如同李詩韻被王彪打趣的時候一樣，淡淡地泛著一絲難為情。

而在眾人注意劉芳的時候，賈似道卻是心裏感歎著王彪和洪總之間的關係，似乎有點像是他和劉宇飛之間一樣了。

如此融洽的氣氛中，幾個人跟著洪總一起去參觀了他公司裏的翡翠加工現場。

這也是事先賈似道和王彪說好的。見一見陽美的翡翠成品製造，尤其是洪總這樣的大公司，對於賈似道這樣的新手來說，實在是個很有必要的過程。就連李詩韻，跟隨著洪總身後，一路上隨意觀看時，眼神裏也露出了好奇、羡慕。

一來，可以增加自己的見識，二來，也可以感受一下，翡翠行業的最前沿究竟是什麼模樣。何樂而不為呢？

不過，和賈似道不同的是，李詩韻以前就參觀過其他地方的翡翠加工現場。和陽美這邊一比較，倒是能明白更多一些資訊，她的臉上也越發煥發出光彩來。

到了最後，賈似道都不知道，自己關注著李詩韻的時間，是不是已經超過正事了。

不過，不管怎麼說，洪總的翡翠加工製作公司，還是給了賈似道很大的震撼。

那些工人的精湛技藝，陽美的翡翠雕工，無論放在哪裏，都絕對是數一數二的。在這一點上，早在賈似道來之前，心裏就一清二楚。而讓賈似道更為驚詫的是，除去這些人為的因素之外，陽美的翡翠加工，更大的優勢還在於儀器的先進。到了現在這個年頭，尤其是進入二十一世紀之後，要是沒有高科技，想要形成一條成熟的產業鏈，壓根兒就是不可能的事情。就像翡翠原石的切割機，在洪總的公司裏有好多各種型號、各種功能的儀器，是賈似道以前所未曾見到過的。好奇地詢問了一下，才知道這些機器都是新近剛剛出產的。很多的細節上以及具體操作要求上，還都是陽美人自己完善的呢。

如此一來，無論性能還是操作性，都不是以前的那些儀器所能比的了。當然，更不能比的，也還有其高昂的價格。

說到這裏，洪總的臉上，也自然而然地泛起一股自豪感。要知道，陽美這樣的小地方，能夠有今天的名氣，得來可絕非是偶然。

百多年以來，特別是近十年來迅速的發展，已經讓陽美的玉器加工規模不斷擴大。原先這些加工成的翡翠成品，只是被香港那邊的珠寶行收購之後，再轉而進行包裝銷售。但是，上個世紀末亞洲金融風暴過後，香港不少珠寶行生意大不如前。與此同時，品質上乘、工藝獨特的陽美玉器業務，卻還在不斷地發展擴大著。那些原先在香港取貨的世界珠寶商，自然是紛紛取道直接來到陽美收購玉器了。

陽美的發展，無疑也進入了一個黃金時代。

而洪總這個年紀，正是見證這樣一個時代的道地的陽美翡翠商人。再加上他本身的賭石傳奇經歷，對於賈似道這樣的年輕人來說，無疑是有著強烈的吸引力。

「呵呵，小賈要是對洪總的賭石經驗有興趣的話，倒是可以找個閒暇的時間，我來給你好好說說。」在走出翡翠加工現場之後，王彪說。

「那王大哥，你自己的賭石經歷呢？」賈似道不禁有些好奇地問了一句，「是不是也很傳奇呢？」

要說起每個人的賭石，除去別人看得見的或者是現在所積累起來的財富之外，更多的兇險卻不足為外人道來。就像是洪總、王彪，這樣的商人，在聽了賈似道的話之後，也只是淡淡一笑。

「怎麼了？難道我問錯話了？」賈似道看到兩個人的神態，覺得有些古怪。好在李詩韻就站在他邊上小聲說了幾句。能從十賭九輸的行業中拚殺出來的人，其本身就是一個了不得的傳奇。

也許是注意到了賈似道和李詩韻之間的交頭接耳，洪總「呵呵」一笑，轉而就帶著幾人進入到一個辦公室裏。這裏的位置，在賈似道看來，很是特別。只要是進入洪總公司的人，應該在一進門的時候就可以看到，而且室內周邊的陳設上，也顯得極為怪異。

整個辦公室中，沒有辦公桌、電腦或者是檔案櫃，只在辦公室最中間的位置，放置著一張還算寬敞的櫃檯。櫃檯底下是長方形的，而在木質的平托上面，還有一個玻璃製的長條形展示櫃，裏面雜亂無序地擺放著一些石頭。

初一入眼，賈似道就覺得很熟悉，走近了可以看得出來，玻璃櫃檯裏的，都是一些翡翠原石的切片，又或者直接就是半塊小型的翡翠原石。在切面上，有的是白茫茫的一片，有的會閃現著一絲綠意，更多的是各種顏色各種質地的翡翠。雖然價值不大，但如此陳列出來，恐怕是別有用意吧？

在這些翡翠原石切片的切面上，有的地方還標注著時間、地點。賈似道簡單地打量，可以看得出，其中最好的翡翠原石切片，應該是豔綠。而且切片很薄很薄，在切面上，幾乎可以察覺到一絲停頓過的痕跡，完全可以想像得出來，當初翡翠原石主人，在切割的時候，是何等小心翼翼。

而最大的那半塊翡翠原石，大概有半個腦袋般大小，上面的翡翠質地，卻實在是很一般，連豆種都算不上，其間鑲嵌著的綠意，更是非常乾澀，水頭也不足，在賈似道的眼中，就是一塊廢料，壓根兒就沒有收藏價值，也不知道怎麼的，就會擺放在展示櫃檯裏了。

「莫非……」賈似道心中一動，轉頭看了看洪總，只見他正在凝視著櫃檯中的這些好壞不一的翡翠原石切片，臉上露出了一種回憶的神色。

「這裏面的翡翠原石切片，都是我自己賭來的石頭，自己親手切開來之後，留存下來的。」洪總對幾個人說，「從我開始賭石的時候開始，大凡是有點紀念意義的都有。比如，第一次切垮了的，就是這塊最大的翡翠原石……」

說著，洪總頓了一下，指了指賈似道先前認為沒有什麼價值的半個腦袋大的翡翠原石，嘴角流露出很濃的笑意，才接著說道：「那個時候，我也是剛入行不久，興沖沖地就花了八千塊錢，賭回了這塊東西。」

「八千塊？」劉芳有些不解地嘀咕道。

「怎麼，是不是覺得少了？」

洪總笑呵呵地說，「當年我的確不富裕。不要說是八千塊錢了，就是八百塊，對於我來說，一次花出去的話，內心裏也要掙扎很久。不過，賭石的魅力，不就是在此嘛。一刀窮，一刀富。身在其中的人，總是希冀著自己是那暴富的那一個。結果……」

洪總指了指保留下來的半塊翡翠原石，其結果也就可想而知了。

「看來，洪總還是比我更有魄力啊。」

王彪瞥了那半塊原石一眼，說道：「二十年前的八千塊，已經不少了。而且，這半塊翡翠原石，除去切面部分，就表皮的表現來看，的確很不錯。就是現在讓我來賭的話，我也敢花上個幾十萬的。」

「瞧你，寒磣我了不是？」

洪總不在意地打趣了王彪一句：「不過，當時的我的確是存了賭一把的心理。賺了，就繼續賭石，虧了，就回家種地……」

「可是，這塊翡翠原石，不是垮了嗎？」賈似道有些不解。按照洪總自己的說法，恐怕，在那一次之後，他就應該收手了吧？

「是啊。」洪總應了一句。

「在那以後，足有半個月之久，我都把自己關在房間裏，下定了決心，不再去賭石了。即便周邊的朋友還在參與著，我也沒有下手。最多，就是忍不住的時候多看多聽。我賭石的眼光，也是在那個時候鍛煉出來的。」說到這裏，洪總倒是頗有些自嘲了。

「對了，小賈，你也是行裏的人了。應該知道，陽美的賭石商人，之所以能打下這麼大的翡翠市場，最大的原因是什麼吧。」洪總問道。

「應該是那個賭石過程中的公開股份制吧。」賈似道答道。所謂的公開股份制，即是在一塊翡翠原石切開之前，由很多人自由參股，沒有合同和協議，講究的就是口頭上的形式，然後大家按照注入的資金來分攤風險，要是切出好翡翠的話，自然是大家共用了，要是是塊廢料，大家也一起來分擔損失。這樣的形式，有助於市場的發展，也更加讓陽美人學會了團結。

在最近幾年的緬甸仰光翡翠公盤上，揭陽的翡翠商人們每每有大手筆的動作，即便許多緬甸產翡翠原料的公司，也不敢忽視這股力量，紛紛與揭陽這邊的翡翠商人建立起了良好的合作關係。

到現在為止，不管是在國內，還是國際市場上，揭陽地區的商人們，已經形成了一股勢不可擋的區域力量。相對於其他地區的個人、公司的競爭者，揭陽地區的這種合作方式，無疑更具競爭力和生命力。

正如眼前的洪總一樣，賈似道可不會認為他會隨意地問起這句話。無疑，正因為這種分擔風險的方式，讓洪總重新開始了自己的賭石傳奇！

接下來的時間裏，或許是打開了話匣的原因，洪總也說出了他的不少經驗。比如，什麼樣的翡翠原石，容易切出什麼樣的翡翠質地、顏色、水頭之類的，雖然比較尋常，卻也不乏一些意趣。期間或多或少夾雜著洪總自己參與賭石的一些事例，讓人聽了之後，不禁對洪總更加敬佩起來。

尤其是眼前展示台上的這一堆，在洪總口中稱之為「石頭日記」的翡翠原石切片，不正是賭石傳奇的見證嗎？這裏面有一夜暴富的欣喜，也有一刀下去之後，幾百萬元付之東流的無奈。

王彪用一句很形象的話來說：不是他們這些人對幾十萬幾百萬的錢看不上眼，在切垮的時候，可以眉頭一皺都不皺。而是，對於這樣的情形，實在是經歷太多而感覺到麻木了。如果每一次切垮，都皺眉哭喪著臉的話，眉頭也會罷工的。

就好比是洪總的「石頭日記」裏就記載著：他曾經和幾個陽美村的村民合夥買下了一塊價值上千萬元的翡翠原石，一刀切下去後，一千多萬元就變成了一百多萬元，頃刻之間，翡翠原石跌價近千萬，而洪總雖然整整輸掉了兩百來萬元，可是，看著周邊站著的幾個村民，有些雖然只出資幾十萬，卻幾乎是快要傾家蕩產了，那種悲涼與無力感，實在是讓人記憶猶新。

所以，說到最後，洪總倒是覺得，在陽美很多人不參與賭石，只是從事翡翠加工相關的產業，實在是個很不錯的選擇。要不是他還有些家底以及公司走上了正軌的話，恐怕他也不會參與到賭石行業裏了。

至於先前洪總所說的晚上的好戲，自然是洪總自己要切石了。目標是一塊去年從緬甸仰光拍賣會上，花了一千八百萬拿下來的翡翠原石。

王彪等人自然是欣然同意了。賈似道只存著想要學習的心態，前去看個究竟，王彪則是看在劉芳興奮的神情，至於李詩韻，即便她自己就擁有一家翡翠珠寶商店，但要說到價值上千萬翡翠原石的切石，她倒還真是沒有親眼見過，告別洪總的時候，李詩韻臉上還帶著一絲期待的神情。

這不禁讓賈似道內心浮想聯翩，要是把李詩韻帶到自己的地下室裏，隨便開出一塊價值上到幾千萬、乃至於幾億的原石，李詩韻臉上又會有什麼樣的表情呢？想必一定會很精彩吧？

「怎麼，老姐臉上有花？值得你這麼一直看著？」李詩韻白了賈似道一眼。

不過手上的動作，卻是很快地在自己的臉上輕撫了一下。雖然心裏肯定自己的臉上沒有什麼東西，但是可不表示手上就沒有動作。那看似不經意間，卻帶有一點點嫵媚的舉動，讓賈似道看著心中一動。

賈似道連忙跟上王彪的腳步，就走向了街道上。身後灑下李詩韻很愜意的笑聲……

陽美的街頭，說不上繁華，除去地標似的建築之外，很少有出眾的大廈，基本上也就是和一般的小縣城類似了。當然，如果考慮到陽美是一個村的話，倒也算得上出眾了。最大的特色，就是玉石街。那明顯聳立在街頭，橫跨街道兩邊，並且在橫幅上寫有「玉都陽美」的牌坊格外顯眼。

賈似道一行四人，在出了洪總的公司之後，自然而然就來到了這裏。

即便不賭石，看一看街道兩邊的商鋪，瞭解一下陽美的翡翠雕工，或是消磨一下時間，也是個不錯的選擇。要知道，距離吃晚飯實在是還有些早。

當然，賭石的人，一般都不會趕早，鬼市除外。尤其是在陽美這樣的地方，午後或者晚間，才是黃金時間。

所謂的「燈下不觀色」，那是外行人的想法。真正有賭性的翡翠原石，它們的主人自然會為自己營造有利的環境。哪怕是你白天要去看貨，人家也會弄個黑漆漆的小黑屋給你待著。

於是乎，在陽美村，相對於賭石的人們來說，晚上的時間段，才會開始熱鬧。這也是洪總選擇在晚上切石的原因吧。

一邊穿梭在街道邊上的翡翠商店，一邊聽著王彪介紹這些翡翠飾品的真實價值以及製作特點。至於李詩韻和劉芳，這會兒卻表現出遠要高於賈似道的興致。

劉芳是喜歡琢磨那些精湛的雕工，李詩韻則是喜歡精緻的擺件本身，看價格，看質地，誰讓她自己就是出售翡翠成品的呢？

賈似道也大致地看了一下，陽美翡翠成品的花式品種非常多，幾乎每一家店鋪裏，都有翡翠龍帶鉤、紫色玉觀音、翡翠手鐲、戒指、戒面、翡翠玉墜、仿古飛禽走獸、花草玉雕和無瑕白玉等等，只要賈似道印象裏有的，這邊都有了。以前沒見過的，這裏也偶有出現。而且，非常讓賈似道滿意的是，邊上的翡翠成品，走的是精品高雅的路線。雖然在材質上，有時候不見得很出眾，但是其雕刻的工藝，果真有點百聞不如一見的感覺。

在王彪陪著劉芳看一件紀念品的時候，賈似道走進了一家家庭式的小作坊，詢問請人雕刻一個翡翠擺件需要多少價錢的時候，這戶人家的女主人很隨意地指了指牆上掛著的價格表。賈似道一看，心裏就是一驚。

幾百上千都是少的，如果遇到翡翠原料好，雕刻要求多的話，直接開出五位數的手工費。面對賈似道的驚訝，主人的反應很平淡，習以為常。賈似道不禁問了李詩韻一句：「這樣的價格，你店鋪裏的翡翠原料，你會拿過來請人雕刻嗎？」

「要是用來做鎮店之寶的話，或許會吧。」說完，李詩韻自己就樂了，對賈似道說：「要是你嫌貴的話，那就去四會吧，那邊便宜很多。那邊的雕刻是論量的。比如，人家要求雕刻的時候，就會說，一個月內可以雕刻出多少件！而陽美這邊是論時間的。人家會說，付你多少錢，你幫我在一年內，完成這件雕刻吧……你明白這其中的差別了吧？」

賈似道摸了摸鼻子，然後看了看作坊裏女主人拿出來的部分以前雕刻的翡翠成品照片，心想：這雕工，還的確值這個價錢。

興許自己以後還能用得到手藝的師傅呢。賈似道心裏琢磨著，便問了一句：「老闆娘，這邊的手藝師傅，平常會去其他地方做活嗎？」

「怎麼，你手裏有好的料？」女主人問了一句，見賈似道點了點頭，才接著說道：「這樣的話，需要看情況。一般情況下，我家那口子是不會出遠門的。平常家裏還有很多的活要他忙呢，而且，實話說，賺的錢也不少，完全足夠我們一家過日子了。要是出遠門的話，時間不說，工具都用順手了，想要帶出去也比較麻煩。小夥子，要是你真想要雕刻翡翠的話，不妨把原料帶過來。雕刻連拋光一起，到時候，我給你算便宜一點。」

「要把東西帶過來，還是容我再考慮考慮吧。」賈似道拉了李詩韻一把，兩個人便退了出去。

身後還傳來女主人頗為熱情的聲音：「小夥子，如果擔心安全問題的話，你不妨出去隨便打聽一下，我們這邊的信譽，可是非常有保障的……」

在出了作坊之後，看到賈似道的樣子有些沮喪，李詩韻不禁好奇地問了一句：「小賈，和老姐我說說，你難道真準備自己把翡翠原料雕出來，再拿出去賣啊？這樣的話，安全問題倒是不用擔心，但卻很難找到合適的買家，要不是極品翡翠的話，可能連手工費都划不來呢……莫非，你是準備拿去拍賣行？」

「我只是有這麼個想法，先問一下而已。」賈似道隨意地應付了一句。

不過，把翡翠原料加工出來之後，即便是送去拍賣行，扣除拍賣公司所賺取的分成之外，也要比賈似道現在這樣單純地賣翡翠明料來得賺錢吧？

也許是想到了這一點，李詩韻便也不再勸說賈似道了。在李詩韻看來，這並不是一個長久之計。送拍賣會，難道還能一筐一筐地送過去？最多也就是幾件而已。

王彪和劉芳似乎已經選好了紀念品，正朝這邊走過來，賈似道便轉頭問了一句：「李姐，要不也給你買一件，留作紀念？」

「好啊。」李詩韻很乾脆地答應了，但隨即臉上卻一紅，轉而有些心虛地解釋了一句：「不過，你老姐我的店鋪裏，可有不少翡翠呢。你買了給我之後，難道就不擔心我轉手就拿去賣掉？」

「呃，既然這樣的話，那我就買件最便宜的好了。或者，還是先欠著吧。免得到時候被你賺得太多。」賈似道呵呵一笑，立即轉身讓自己的身體遠離李詩韻一些。

「討打。」李詩韻揮了揮自己的粉拳，到王彪兩個人走近了之後，才又訕訕地收了起來。不過，對於賈似道最後所說的先欠著，還是微微感覺到一絲失望。不過，這樣也好，欠著比沒有好吧?李詩韻想著。

賈似道如果知道李詩韻如此的想法，不知會有什麼表情了，好像他很小氣似的。

隨後，四個人又逛了一下，有時還能在玉石街上遇到幾個老外。大多是匆匆忙忙的商人，他們前來陽美的目的就不用說了。翡翠的流行，相比起國內來，國外的確是要稍微差上一些。而像新加坡、日本這樣的地方，對於翡翠的鍾愛毫不亞於國人。

玉石街的盡頭處，是一大片的小廣場。本來準備走完這條街就回去的賈似道，卻忽然發現，在前面的廣場上，竟然圍著不少人，不時地還有呼喚聲，夾雜著痛哭聲傳了出來。這與玉石街上的氣氛迥然不同。

「怎麼，是不是好奇，想要上去看看，究竟是怎麼回事？」王彪笑著問道。

「是啊，難道這有什麼問題嗎？」賈似道好奇地問。

「問題倒是沒有。不過，我琢磨著，我們還是別過去為好。不然……」王彪搖了搖頭，「不然，看到了之後，可能就要浪費不少的錢。前面可是個很容易讓人就衝動的大騙局。自制力弱的人，可經受不起誘惑。」說著，他還看了看身邊的兩個女人。

「這麼看著我幹什麼。」劉芳沒好氣地嘀咕著，轉而，就很自信地回敬了一句：「你放心吧，這回我肯定是不會出手了。上次，我可是白白輸了兩萬多塊呢。只要你自己忍得住不出手，再離我遠點，我估計啊，我就不會虧錢了。不過，小賈啊，我猜你到時候肯定會破費的。」

「哦，這麼說來，我就更加好奇了。」賈似道看了一眼同樣好奇的李詩韻，大手一揮，說道：「走，不管破費不破費吧，既然來了，總要過去看看吧。」

對此，王彪也似乎是刻意不解釋一樣，彷彿等著看好戲，笑了笑，就跟了上去。說起來，真要有什麼有趣的事情，即便虧損幾塊錢，王彪也不會介意吧？

第十章

大賭石

為了滿足眾人的獵豔心理，或是為了吸引外行人，
廣場上的幾百塊翡翠原石，個頭都是比較大的。
一旦能切出翡翠來，勢必會讓人瞬間暴富。
但這樣的原石，在賈似道等行家看來
無疑也是出翡翠機率最低的。
世界上哪有那麼多大型的翡翠原石，
裏面會蘊含著高品質的翡翠呢？

待到走近了之後，那種嘈雜的聲音更加大起來。圍觀的眾人，把整個小廣場圍得裏三層外三層的。似乎還可以聽到，在眾人圍觀的中心，還有人在拿著小喇叭，快速地說著什麼。只是邊上的幾人也在討論著諸如「石頭」、「虧了」之類的話題，賈似道也不是聽得很清楚。

這種感覺，就好比賈似道小時候，看到的在全國各地遊走的馬戲團一樣，每到一個地方，都會擺開地盤，表演起來，以賺取一定的費用。

賈似道正準備擠進去看看呢，又看了一眼身邊的李詩韻。自己倒是可以擠進去，可是李詩韻呢？難道要她這樣的一個女子，也在人群中擠來擠去？想起來，賈似道就覺得渾身彆扭。猶豫了一下，王彪倆人就跟了上來。

賈似道和王彪示意了一下，在前面開路，嘴裏喊著幾句：「讓一讓，讓一讓……」

費了好大的力氣，四個人總算擠到了人群的裏面。

只見在廣場上，一根粗粗的紅繩，圍了一個大約百十來平方米的場子，裏面堆著幾百多塊大小不一的石頭。賈似道一看去，倒是有點像是翡翠原石了。而且，這裏還是陽美，這種可能性就更大了。

只是，這滿地的石頭，真要說是翡翠原石吧，又給賈似道一種很彆扭的感覺。眼前的這些石頭，怎麼看，怎麼像是翡翠原石中最差的那些廢料。要是往常的話，恐怕就是扔在加工作坊內的角落裏，等待大批量處理的吧？怎麼會特意拿出來出售呢？

他轉頭看了一眼王彪，露出一個詢問的眼神。王彪也不言語，只用手指了指。

順著他手指的方向，賈似道倒是看到，在兩塊比較高大的石頭邊上，還綁著兩根竹竿，中間拉了一條橫幅，上面寫了三個大字：大賭石。

而在橫幅的下面，則是搭著一個半人高的平台，台上坐著兩位中年男子，看上去，其中一個倒是有些類似專家模樣，另外的一個，則應該是商人無疑，此時正淡淡地看著台下圍觀的眾人和在幾百塊石頭堆裏挑選著翡翠原石的買家。

而在他們的邊上，則站立著兩個民工打扮的男子。

此外，就是兩位坐著的男子面前的長條形桌子比較顯眼，上面放著計算器、驗鈔機。在賈似道看來，這個平台之上，是個付款的地方。

靠近平台的邊上，還放著一台切石機器，那款式看著，稍微顯得有些老舊，但是，賈似道對此也沒什麼好說的，除非是像洪總這樣的大公司，要不然的話，一般翡翠商人所用的，基本上也就是這樣的機器了。

而在切割機的邊上，則有一個拿著半導體小喇叭的女人，正在對著圍觀的眾人賣力地喊著：「賭石，大賭石啦！一萬塊錢賭一塊，任你撿，任你挑，不管大小，一刀下去，就能切出個千萬富翁啦，比什麼彩票、中獎都容易多啦。大家走過路過，不要錯過啊。趕快下賭吧，誰想試試自己的眼力，試試自己的運氣呢，一萬塊錢，一次做富翁的機遇……」那洪亮的聲音的確很有煽動性。

「王大哥，這所謂的『大賭石』，是怎麼回事啊？」賈似道指了指眼前滿地的翡翠原石，說道：「這些石頭，恐怕大部分都沒有什麼價值吧？」

「能看到這點，是因為小賈你也算是行內人了。他們可不一樣！」王彪示意了一眼正在翡翠原石堆裏挑選的人和圍觀眾人中的那些蠢蠢欲動者，「不過，真要說起來，這賭石一行，任何的翡翠原石都有一定的機率賭出高品質的翡翠來的。哪怕是一些行家翻看過之後剩下的，又有誰敢保證一定都是廢料呢？」

「那倒是。」賈似道應道，「在沒有切開來之前，恐怕誰也不會知道吧？」

「所以，這就是大賭石的由來了。」王彪頓了頓，說道：「每一次的翡翠公盤之前，基本上會出現眼前這種情況。很多毛料公司把垃圾料集中賣給一些仲介人，喏，就像是那邊的兩位。」順著王彪的眼神看過去，就是平台上端坐的兩個男子。

「然後，由他們在公盤前組織一次活動，現場賭石人每次出一萬或者二萬塊錢，來賭一塊石頭且當場解開。要是有意向的話可以當場拍賣，美其名曰『大賭石』。一來，是這種地方的翡翠原石個頭比較大；二來，就是賭漲了的話，因為是現場切石，所賺取的利潤非常透明。所以，傳出去的名氣，也就要更加大一些；這第三嘛，不管是哪一次舉辦，都能引來無數的賭石商人參與，即便不是專門從事賭石行業的人，也會在這個時候試試自己的手氣。主要就是這架勢要弄得挺像模像樣的，在規模上足夠大。」

「對啊，很多人，就是圖這樣的賭石比較熱鬧。反正這裏的價格非常明確，翡翠原石還可以由你自己隨便挑選。上次，我就試了兩把。結果什麼都沒有切出來。」王彪身邊的劉芳說著，還莞爾地看了王彪一眼，那俏麗中的嫵媚風情，一時間，倒是弄得王彪有些心癢癢的。

「恐怕王大哥當時也出手了吧？」賈似道裝作沒看見，轉而看向了李詩韻那邊。卻發現，李詩韻這會兒，正好奇地打量著場中的翡翠原石呢，臉上不自覺地露出一絲期待。

連李詩韻這樣的女人，也忍不住動心，足可見，賭石的魅力，當真是強悍之極。只是，真想要在這些翡翠原石中，賭出一些好料來，恐怕那種機率還不如去正規的賭石市場吧？

「我？」王彪愣了一下，笑著說：「我即便是出手，也不過是湊個熱鬧而已。不然，你要是不先付錢的話，人家壓根兒就不給你看貨啊。」

正說著呢，就又有一人跨進了紅線圍著的圈，先是去到平台上面，交了一萬塊錢，然後才在眾人的哄叫聲中，開始察看起翡翠原石來。

而似乎是見到又有人參與了，那邊拿著喇叭的女子，喊叫得也更加賣力起來。

「要不要去試試？」賈似道詢問了一句。

「試試就試試吧，不過，咱事先可說好了啊，真要想賭出什麼好料的話，我們還是去一些線人安排的人家看貨為好，現在嘛……」王彪頗有些意蘊地說了一句，「不如，咱們四個人之間，也打個賭，怎麼樣？」

「哦，怎麼說？」賈似道來了興趣。

說白了，這所謂的大賭石，就是賭石行業中，組織者賺翻、參賭者輸慘的現場版。像賈似道這樣手裏擁有大筆資金的人，恐怕也僅僅是圖個好玩而已。但是，對於一些小額賭資的商人來說，恐怕會被這種轉瞬間可能帶來的巨額收入所吸引，並且很難生出抗拒的心裏吧？如果再碰到現場有人切出翡翠來，這樣的誘惑力，就更讓人嚮往了。

邊上圍觀的眾人中，很多都是衝著切出翡翠的名頭來的。已經在人群中站了一會兒，賈似道倒也聽清楚了，有好些人，在議論著平台邊上的一塊已經切開來、並且露出翡翠的原石，究竟可以賺到多少錢。有的說十萬，有的說百萬，反正是挺熱鬧的。

「呵呵，不用看那個。」王彪倒是注意到了賈似道的目光，說道：「既然都要搞出這麼大的聲勢了，如果你是主辦方，會不會在一開始的時候，就找人來切出塊翡翠來，增加一下大家的熱情呢？」

「莫非是個托？」賈似道訝然。

「是不是托，現在還不好確定。不過，舉辦方偶爾放置幾塊表現稍微好一些的翡翠原石進去，倒是真的。」王彪淡淡地說，「只有真真假假結合在一起，才能顯得更加真實！先不說這個了，到時候，你進場看貨的時候，就知道了。我們的目標，自然就是把那些矮個中的將軍給找出來了。而咱說的打賭，就是，我和小劉一組，你和小李一組，每個人只能挑選出一塊翡翠原石來，當然，我們倆可以幫她們把把關，不然，小劉肯定不是小李的對手。然後嘛，就看哪邊選出來的翡翠原石價值高了。輸了的人，嗯，小賈，你說我們賭點什麼好？」

「這個方式倒是不錯。」賈似道看了一眼邊上的李詩韻，並未覺她有反對的意思，便接口答應了下來：「至於賭注嘛，直接賭錢的話，也太俗了一點。我看，不如這樣吧，我們這邊要是輸了呢，我到時候就弄一些翡翠明料給你……你先別急著拒絕，我保證，那些料都是你上回從我這拿的那種級別的，怎麼樣？」

「哦？」王彪眼神不由得一亮，隨即就問了一句：「價格呢？」

如果說，一開始的時候，他只不過是想要給四人增添一些情趣，尤其是故意把賈似道和李詩韻拉扯在一起的話，那麼，到了這個時候，當賈似道提出賭注的時候，王彪是真的心動了。

玻璃種的豔綠翡翠，即便在揭陽的翡翠公盤上，恐怕也很難出現吧？即便有，估計也是以半明料的形式出現的可能性比較大了，若想要拿下來的話，那價格可就高了。就好比是拍賣會上的壓軸品一樣，大家都指著盼著望著搶著呢。王彪雖然資金還算不弱，眼光也還不弱，只是，對於翡翠公盤而言，多一個王彪少一個王彪，壓根兒就無所謂。反倒不如直接從賈似道那邊收貨了。

「就按照上次的價格，下浮一成，如何？」賈似道嘴角笑呵呵地說了一句。

暫且不說李詩韻和劉芳好奇地打量著倆人，王彪聞言之後，卻是眉頭一皺，說道：「那要是我們輸了呢？」說完，頗為期待地等著賈似道的答覆。既然賈似道能給出如此巨大的好處，想必其所求的應該也不會小吧？由不得王彪，再把這一次小小的打賭，當成兒戲了。

「要是你們輸了的話，那就給我和詩韻，介紹幾個高端翡翠成品的客戶吧，如何？」說著，賈似道還伸出一隻手，五指張開，在王彪的面前示意了一下。

說起來，這也是賈似道剛才那一瞬間，臨時所想到的一個主意。畢竟，不管賈似道也好，李詩韻也罷，要是能借此機會，增加一下客戶資源的話，尤其是高檔翡翠成品，自然是一件再好不過的事情了。

「行，就這麼說定了。」王彪略一考慮，就答應了下來。然後，二話不說，拉起身邊還有些好奇地看著他的劉芳，率先走向了廣場中間搭起來的平台，直接付了四萬塊錢，回頭向那兩位組織男子，指了指賈似道倆人，然後就開始察看翡翠原石。

正當賈似道準備跟上王彪的步伐去看石時，卻發現，李詩韻愣愣地站在原地看著自己，不禁下意識地摸了摸鼻子，問道：「李姐，我們是不是也該動身了，要不然，最好的翡翠原石被王大哥先挑中了的話，即便我們想贏，恐怕也沒機會了。」

「小賈，你先跟我說說，你出售給王大哥的明料，是不是上回你帶去杭州的那種？」李詩韻，猶豫了一下，最終還是問了出來。

「差不多吧。」賈似道應道，「怎麼了？」

「那種級別的翡翠，我可沒有啊。」李詩韻嘀咕著，「要是等會兒輸了，我該怎麼辦？」說完，還頗為惱怒地剜了賈似道一眼，埋怨著賈似道自作主張。

賈似道不由得苦笑道：「姐，你該不是還沒開賭，就打算好輸了吧？」待看到李詩韻，兀自淡淡地看著自己，美眸流轉，賈似道不禁感覺到自己有些頭大，說道：「好好好，李姐，就算是你對自己沒信心，但是，怎麼也要對我有信心吧？再說，即便我們不小心輸了那翡翠料的事情，自然是由我來提供了。難道你沒看出來，王大哥，主要是想和我賭一把？」

「這麼說來，我是個陪襯嘍？」李詩韻聽到這話可不高興了，更是惱怒地剜了賈似道一眼。

「呃，怎麼會呢。」賈似道訕訕一笑，「我要是想贏下來的話，到時候還要李姐你幫忙呢。走吧，再不走怕真的就沒什麼好東西留給咱們了。」

正當賈似道和李詩韻進入到場地察看起翡翠原石的時候，有個人從他們的身邊經過，走向了平台那地方，然後喊上了那兩個民工，抬起一塊看中了的翡翠原石，來到切割機的邊上。

而一看到即將有人切石了，圍觀的人群中更是人聲鼎沸。

賈似道也不禁好奇地關注了一下。那是一塊五六十公斤重左右的白沙皮翡翠原石，而且其中的一頭還氾濫著一些椒鹽黃。看上去，表皮應該比較薄，屬於擦一下就可能出綠的那種。不過，在「大賭石」的廣場上，參與的人，顯然沒有這麼好的耐性，直接就開始了切割。隨著「隆隆」的切割機的聲音，人們的情緒也幾乎達到了頂點。

待到這種聲音戛然而止之後，大家又競相地踮著腳，探著腦袋，想要最先觀看到。

而切割出來的切面，卻是一面灰不溜秋的慘白一片。一瞬間，那人原本期待著的臉色，頓時變得灰慘一片，當即不死心地抱起半塊原石，再割了一刀，結果可想而已，仍然是灰白色的一片。即便他把可以切的地方，都切割開來了，整塊翡翠原石，幾乎分成了一片一片的形狀，全部攤在地面上，也沒有切出現任何翡翠來。

這時，那個人就像是失去了支撐著站立的力氣一樣，一下癱坐到了地上。

「唉，又是一塊廢料。」賈似道感歎著一句，「可惜了，不過……」

正當賈似道感覺這位仁兄的心理素質不太適合賭石的時候，邊上的人則是在討論著，這個切石的人，似乎已經是切了第四塊了，這會兒，他們正在爭論著，這個人會不會繼續賭第五塊呢。

這倒是讓賈似道頗為好奇。轉而再看向那人，就見他猛然間從地上躥了起來，想也不想的，就再次衝到了平台上，恨恨地取出了一萬塊錢，然後，頭也不回地繼續投入到了看貨的行列中。瞧著他那瘋狂的勁兒，有人看好，有人歎息。

賈似道明白，一個賭徒在連賭連輸的時候，就會失去理智，大有擲下自己的全部賭注搏上一搏的想法，贏了還想贏，輸了更是想要贏。而其下場，要是沒有什麼意外的話，定然是一個「慘」字。

「別看了。」李詩韻推了賈似道一把，「王大哥他們似乎已經選好一塊原石了呢。」

賈似道看過去，可不是，王彪正轉過身來，對著他得意地笑呢。看起來，那塊翡翠原石的表現，應該很不錯吧？

「我們先分開來看，如果有中意的，又或者覺得不能確定的，都先記下來。千萬不要讓王大哥倆人給搶先嘍。」賈似道當即把任務給分了下去。雖然他有特殊能力的感知可以幫忙，想要贏下來，可能性還是比較大的。但要是最好的翡翠原石，事先已經被王彪給選走了，那他即便有特殊能力感知在身，也沒有辦法了。

李詩韻點了點頭，兩個人分頭開始看，動作倒也俐落。

不過，還沒看幾塊呢，賈似道的臉上，就露出了頗有些哭笑不得的神情來。這哪裏是賭石啊，幾乎不需要動用特殊能力的感知，賈似道就完全可以看得出來，眼前的這些翡翠原石，壓根兒就是被行家們再三挑撿之後餘留下來的垃圾廢料，甚至賈似道還看出了其中有幾塊，有著很明顯的作假痕跡。

要是用強光手電筒一看，乍一感覺，還真是綠意盎然，讓人欣喜，還沒來得及高興多久呢，就發現那只是一塊綠色的鑲片而已。至於其他的作假方式，在表皮上弄一些似是而非的蟒帶松花，那就更是數不勝數了。

這麼看來，先前那位仁兄，一連切出四塊徹徹底底的廢料，也不足為奇了。

「對了，李姐，看到那些比較完整的翡翠原石，表皮表現有比較好的，就先別去管它了。你還是先找找看，有沒有已經切開過的，又或者是開好了窗，但是表現並不怎麼樣的原石吧。」賈似道考慮了一下，便對李詩韻提醒了一句。

瞭解情況之後，賈似道也明白了，在這種地方，要是想要找那些表現出綠意的翡翠原石，切出翡翠來，幾乎是沒什麼可能性了。賈似道覺得，反其道而行之，或許還有切出翡翠的機會來。而且，賈似道對於尋找的翡翠要求，也從玻璃種、冰種那個級別的，迅速地降到了豆種，這樣就足夠了。

李詩韻聞言之後，美眸一亮，很快就會意過來，對賈似道說：「我說，怎麼看著有幾塊原石這麼彆扭呢……」一邊說，一邊莞爾一笑。那後知後覺的小女兒神態，賈似道一見不由得微微一愣。

好在李詩韻很快就調整了自己的心態，神情也恢復了冷靜，開始專注地尋找起翡翠原石來。

賈似道長舒了口氣，忽然覺得，自己把李詩韻拉進來參與到賭石之中的舉動，是不是一個錯誤呢？美麗本身就是給別人看的，就好比是外表皮裹著一層厚厚的石質的翡翠原石，終究是不能阻擋翡翠的那種奪目的光華。一旦沒有了表皮層的束縛，翡翠的透亮、冷豔，才算是真正的咄咄逼人，讓眾生為之瘋狂！

收回自己漫無邊際的思緒，賈似道繼續察看起翡翠原石來。這時，他發現了一塊足有半人高的原石邊上，還壓著幾塊比較小型的翡翠原石，這讓他心裏微微有些好奇。

說起來，或許是為了滿足眾人獵豔的心理，又或者純粹是為了吸引外行人，在廣場上的幾百塊翡翠原石，其個頭基本上都是比較大個的。一旦能切出翡翠來，勢必會讓人瞬間暴富。但這樣的原石，在賈似道等行家看來無疑也是出翡翠機率最低的。

世界上哪裏有那麼多大型的翡翠原石，裏面會蘊含著高品質的翡翠呢？就像賈似道地下室裏存著的那塊巨型翡翠原石，恐怕他要是不親自去緬甸仰光那樣的翡翠公盤的話，是再也見不到類似的了。

所以，在這樣的地方，一些小巧的翡翠原石，反而能更吸引賈似道的注意。因為其個頭小，在外行人看來顯然沒有挑選大個的划算。而且，這樣的翡翠原石，不是切開過的，就是開了窗之後表現不好的。又或者就是表皮的表現實在是太糟糕。

但不可否認這樣的翡翠原石，主辦方勢必不會花太多的心思來作假。因為壓根兒就沒有這個必要。

賈似道當即越過幾塊大型的翡翠原石，來到了自己看中的幾塊小石頭邊上，就其品相而言，還真和賈似道所預料的類似。其中一塊，就是三面都開了窗的。只是，透露出來的切面，卻實在是和普通石頭無異。要不是在這麼一堆翡翠原石裏放置著，恐怕任誰看了也不會想到，這是一塊翡翠原石吧？

另外，還有三塊半石頭緊挨在邊上。之所以說是三塊半，是因為其中一塊是被人從中間切開一個大大的切面的。另外一半，已經不知道在哪裏了，這會兒只

剩下那蒼白的切面，灼灼地對著賈似道，讓人看著就會對其失去信心。

這種切面，無疑是切垮了的最常見情況。

其他的三塊翡翠原石沒有明顯的切面。但是，賈似道卻發現其中一塊是開了一個小窗的，就是一個在擦石之後所遺留下來的比巴掌還要小一些的地方。用強光手電筒照了照裏面的表現，同樣是非常慘澹。而且，除此之外，整塊翡翠原石的表皮，就沒有任何亮點了。

剩下的兩塊，賈似道看著，卻忍不住差點笑出聲來。無他，實在是因為兩塊翡翠原石的表皮顏色，頗有些大相徑庭。一黑一白的，就這麼擺在一起，倒是讓人感覺到有些不可思議，也會在心裏琢磨著，這又算不算是一種巧合呢？

白沙皮的這塊，表皮的表現還不錯，只是顏色不太均勻，如果抱以很大希望的話，恐怕會很失望。賈似道伸出手，把它翻了個身，略微一察看，就不禁皺了皺眉頭。心裏嘀咕著，看來，這「大賭石」還真不是個賭石的好地方，竟然連這樣小塊的翡翠原石，也有作假的。只是，這作假的地方是局部的，上面造作的蟒帶就像搓衣板一樣，看著挺讓人欣喜的。要是真要下決心賭下來，恐怕那所花費的一萬塊錢，也是白白扔了。

至於另外的那塊黑色的翡翠原石，卻是一塊烏沙原石。當然，並不是最出名的最容易出現高綠的那種帕敢場口的烏沙原石，否則，恐怕壓根兒就不會在「大賭石」這樣的地方發現它了。只不過形態上，頗有些相像而已。

賈似道湊近了看了看，只見它的外表皮，完全被一層厚厚的瀝青質泥沙黏附著，一點都看不清翡翠原石裏面所應有的表現。而且，這一層表皮，恐怕還很厚實吧？這種烏沙皮色的原石，在賭石行裏，被稱之為最難把握的原石。在最初準備開始賭石、查找資料的時候，賈似道就看到過，栽在這樣的烏沙原石上的人，又豈止是成百上千。

尤其是，這種烏沙原石切出翡翠的機率很低。而且，即便切出綠色的翡翠來了，其質地也會很糟糕，又或者飄出一些其他的雜色，比如白棉、黑點之類的，總而言之，這樣的翡翠原石，如果不是已經開了窗，足以看到內部景象的話，最好還是有多遠躲多遠。

只是這裏的翡翠原石是按照數量來計算價錢的，不管大小，都是一萬元。這麼一來，賈似道倒是對這塊烏沙原石產生了一絲興趣。

賈似道正準備伸出左手去感應一下呢，看了看那糙厚的表皮，猶豫了一下，轉而就開始先察看起其他的翡翠原石來。那塊三面開窗的原石，裏面的質地，正如可以看到的一樣，全部都是石頭，應該是屬於徹徹底底的廢料了。

而只有半塊的翡翠原石，很快也被賈似道給否認了。不要說是豆種質地翡翠了，通過特殊能力的感知之後，裏面的質地雖然不是徹底的石頭，微微有點翡翠的感覺，但是就其粗糙的程度來看，也不會是什麼好的翡翠。如果收下這一塊，不僅不能贏過王彪，恐怕連一萬塊的成本費都收不回來。

再看了一眼留一個小窗的翡翠原石，窗口處的表現，實在是看不上眼。但好歹也應該屬於真實的翡翠原石了，賈似道索性不再察看，直接用自己的特殊能力感知了一下。賈似道訕訕地收回了手，敢情又浪費自己的感情了。

正在這個時候，李詩韻到了賈似道身邊，看著賈似道在察看幾塊小的翡翠原石，不禁淡淡地笑了一下，說道：「小賈，你該不是真的有以小搏大的打算吧？」

「那還能怎麼辦？」賈似道無奈地應了一句。轉而看了看王彪那邊，好在他們兩個還在繼續尋找著翡翠原石，想來還沒有確定第二塊。

「那你有什麼收穫？」李詩韻聞言，笑意盈盈地問了一句。

「還沒有呢。」賈似道歎了口氣，不過，看到李詩韻的表情似乎頗有些得意，心裏不由得一動，隨即就笑了開來，說道：「看來，李姐的運氣很不錯嘛。讓我幫姐看看，究竟找到了什麼樣的好東西。」

「這還差不多，算你聰明。」李詩韻想要伸手在賈似道的腦門上撓一下，卻又縮了回去，而她的表情，倒是沒有任何尷尬。在她的臉上，甚至泛著一絲興奮，連說話的時候，那語氣也是綿軟的，讓人倍感親近。

賈似道也不說話，默默地跟在李詩韻的身後，向著她所指示的一塊翡翠原石走了過去。

整塊石頭的個頭比較大，賈似道估測了一下，應該不下七八十公斤，褐色的外表皮，在模樣上嘛，實在是頗有些奇怪。一般的石頭，大多都是橢圓，又或者就是板岩形態的存在，而眼前這塊，卻有點類似於一根柱子。而有了這樣的想法之後，賈似道倒是越看越覺得相像了。

「李姐，你來說說，怎麼會看中了這一塊呢？」賈似道在還沒有察看之前，不禁先小聲地問了一句：「這塊原石看起來，還真是透著一股怪異呢。」

「是不是覺得像是一根柱子啊？我剛看到的時候，也是這麼個感覺。」李詩韻先是淡淡地應了一句，隨後才緩緩解釋道：「不過，在我仔細看了看之後，卻發現這塊翡翠原石除去形狀之外，並沒有什麼特別的地方。但是，我心裏總覺得這塊翡翠原石應該非同尋常，所以，我就找你過來看看了。」

「就憑你自己的感覺？然後，你就決定要挑這塊了？」賈似道疑惑地看了一眼李詩韻，臉上露出了一個不知道是哭好還是笑好的表情。本來看著李詩韻那微微有些得意的神情，還以為她是找了什麼樣的翡翠原石呢，原來只不過是直覺而已。

而在賈似道初步察看一番之後，心裏更是有些奇怪起來。這樣的翡翠原石，按說除去形狀之外，還真的就是一塊普普通通的翡翠原石而已，怎麼就會給李詩韻一種不同的感覺呢？

仔細地回想了一下，腦海裏的關於翡翠原石的表皮，和內部出現翡翠的可能性的知識，一般而言，褐色表皮的，皮殼的顏色變化又是從褐色淡淡的過渡到褐黑色，這樣的翡翠原石，即便能夠出現翡翠，其質地也不會太過出色，而水頭更是不佳，更多的時候，壓根兒就不會出現翠綠色的翡翠。

賈似道想來，李詩韻作為一個翡翠商鋪的老闆，這點眼力，應該還是有的吧？

哪知道，李詩韻聽了賈似道的詢問之後，反而很認真地點了點頭，然後，才輕聲地說道：「小賈，你也知道，對於賭石來說，你老姐我真的不是很在行。我以前就和你說過的，上回去雲南的時候，還是我第一次去賭石呢。所以，即便是你讓我找，我也只能是憑著自己的感覺來了。」

說到這裏，李詩韻還小心地瞥了賈似道一眼，似乎想要看看賈似道的態度，是不是會因此而惱了她一樣。好在，賈似道在詢問完之後，就繼續仔細察看起眼前的翡翠原石來，對於李詩韻所說的話倒也沒有太過在意。李詩韻這才釋然地鬆了口氣。

不過以李詩韻對於賈似道的瞭解來看，這會兒，賈似道的表情，恐怕還是故意做作的成分居多吧？目的自然是不想讓她感覺到尷尬了。

而賈似道在表面上自然是裝著察看翡翠原石的樣子。他左手伸出去，在翡翠原石上慢慢地觸摸著，全身的注意力，也開始緩慢地集中到了左手上。

一時間，整塊翡翠原石，就在他的腦海裏，緩慢地剝開了它神秘的面紗。內中玄虛也逐漸地呈現在賈似道的腦海裏。突然，一種熟悉的感覺赫然出現。

還真是有翡翠？

賈似道不禁心裏一喜。說起來，自從和王彪打賭開始，這可是到現在為止，賈似道所感知到的唯一一塊質地還算不錯的翡翠呢。只是，其形態和外表所看到的，實在是大相徑庭。更為可惜的是，個頭和整塊翡翠原石相比，也是小得可憐。

僅僅就拳頭大那麼一小塊地方，形狀是多邊體，如果是想要切開來做成手鐲的話，是不可能的了，如果說做戒面，恐怕還需要等待切開來之後才知道顏色。總而言之，因為是豆種的質地，個頭又小，說不上很出色，卻也不會太吃虧。

要是平時的話，花一萬塊錢的成本，切出這樣的翡翠來，哪怕就是無色的，只要沒有出現過多的雜質，也能小賺一筆。但現在是和王彪打賭，賈似道心裏就要琢磨琢磨，這樣的翡翠原石能不能勝出了。

「怎麼樣？」李詩韻看到賈似道的眼神有些呆，不由得關心地問了一句。

「李姐，我看了一下，這樣的翡翠原石，恐怕即便能切出翡翠來，其內部的質地也不會太好。」賈似道考慮著措辭，「不如，趁現在王大哥那邊還沒有確定下來，我們再找找怎麼樣？說不定還有更適合的呢。」

「哦。」李詩韻點了點頭。但是，眼前的這塊翡翠原石，好歹也算是她第一次所看中的，要說現在放棄，心裏還是有點不情願。

兩個人一個走在前，一個跟在後面，不知不覺的，就回到了賈似道先前正在察看翡翠原石的地方。賈似道看了看剩下的兩塊沒有用特殊能力感應過的小型翡翠原石，心裏多了少許期待。

他先對那塊烏沙原石感應了一下。李詩韻在邊上看著，也不言語。既然都說了自己不太懂了，那麼，李詩韻也乾脆樂得讓賈似道一個人忙活去。再說了，那邊的劉芳，不還是依靠王彪來找石頭？這麼一來，李詩韻站在邊上看著賈似道認真察看翡翠原石的那模樣，更加心安理得起來。

或許看著無聊吧，李詩韻竟在賈似道察看翡翠原石的過程中，還偶爾會做一些小動作，以此來打攪賈似道的察看。她偶爾用腳在地面上踩得「噠噠」作響，又或者乾脆直接靠近到賈似道的身邊，想要看看賈似道這麼專注的神情，究竟能夠看出些什麼來。在這樣的時刻裏，李詩韻的小女人神態，顯現得淋漓盡致。

不過她也不想一想，她這般無心的舉動，特別是整個人都快要挨到賈似道的時候，會給賈似道帶來什麼樣的感受。

暫且不說女人身上那獨特的芬芳讓賈似道變得有些心神搖曳起來，就是李詩韻碰觸到賈似道手臂上的觸覺，也足以讓賈似道心生無窮的旖念了。好在，賈似道的特殊能力感知，因為逐漸成熟起來，也不需要完全地把自己的注意力專注到左手上，否則非被李詩韻給弄得「走火入魔」不可。

一邊是魔女的誘惑，一邊是翡翠的冷豔，賈似道也只能是痛並快樂著了。

眼前的這塊烏沙原石給了他一種冰種質地的翡翠才會有的感覺，這就好比是突然出現的一泓清泉，賈似道在乾渴中感受到了滋潤。那種久旱逢雨的感覺，讓賈似道也顧不得李詩韻的搗亂了。

一口氣把整塊翡翠原石都給感應了一番，雖然翡翠部分並不大，但的的確確是冰種的翡翠。賈似道這才長長地舒了一口氣。

轉而收回自己的手，轉頭看了一眼李詩韻，頗有埋怨的意思。李詩韻正瞪著水靈靈的雙眼，期待地看著賈似道呢。那神情，似乎是在詢問著，這塊翡翠原石的表現究竟怎麼樣！

一時間，賈似道倒是有尷尬了。原本還想對李詩韻呵斥幾句，說她故意搗蛋之類的話，這會兒硬是被梗在了喉嚨裏，一句話也說不出來。

「這塊還不錯，應該可以切出翡翠來吧。」賈似道也只能如此敷衍了一句。即便心裏明知道有翡翠存在，也不能把話給說得太滿了。

「真的？」李詩韻興奮地喊了一句，突然，不再面對著賈似道看，而是蹲到了烏沙原石的邊上打量著，一邊看，一邊還頗有些欣喜的神態，嘴裏兀自嘀咕著：「這麼醜的石頭裏面，真的有翡翠嗎？」

賈似道不禁沒好氣地白了她一眼，說道：「有沒有翡翠，到時候切開來，不就真相大白了？不過，你要是不信的話，不如，我們也打個小賭如何？」

「我們？」李詩韻明顯一愣，轉而就很乾脆地拒絕了：「不來。」似乎是覺得語氣有些生硬，便緊接著解釋了一句：「我才沒這麼笨呢，和你在賭石上打賭，我肯定要輸。你怎麼不和我打賭，我做的飯菜要比你做的好吃啊？」說完了，還風情無限地惱了賈似道一眼。

賈似道頓時啞然。

好在，李詩韻這會兒正察看著那塊烏沙原石，賈似道倒是騰出空來，看著眼前的最後一塊白沙皮原石，琢磨起來。照常理來說，這是一塊作假過的原石，而且，作假的痕跡還非常明顯，應該沒有什麼大的價值了。

但是，或許正如李詩韻一樣，賈似道也很相信自己的直覺吧。即便眼前的翡翠原石，在行家們的眼裏已經被判了「死刑」，賈似道卻還是決定試一試。

於是，賈似道最終還是向著眼前這塊白沙皮原石伸出了自己的左手。

只是隨著感知力的不斷滲透進去，賈似道的眉頭一會兒皺起來，一會兒又舒展開，似乎這塊翡翠原石給了賈似道足夠多的驚訝一樣。正收手回來，王彪倆人已經走到了他的身邊，看著賈似道的舉動，王彪笑著問了一句：「小賈，選得怎麼樣了啊？我們倆可是已經完成了哦。」那語氣洋溢著無盡的信心。

不用賈似道猜，也可以知道，王彪定是選到了不錯的翡翠原石了。

「王大哥，你怎麼不先問問我啊？」李詩韻正看著烏沙原石呢，聽到王彪的聲音，倒是頗有些得意地說了一句。顯然她對於賈似道挑選出來的烏沙原石還是比較有信心的。

這麼一來，王彪倒是來了興趣，撇下賈似道，轉而問起李詩韻來，說道：「莫非，小李你也找到了一塊？在哪裏？快讓老哥我來看看。這可不容易啊。」

說話間，還特意看了身邊的劉芳一眼，惹來對方的一陣掐捏，笑著吵鬧過一陣之後，倆人才緩和下來。隨後，在李詩韻的示意下，王彪看到了就在李詩韻跟前的烏沙原石，不禁就是一愣。這可是大大出乎了他的意料。

「王大哥，其實，這也是小賈選出來的。」在見到王彪的神情變化之後，尤其王彪還露出了詢問的意思，李詩韻心裏忐忑著這塊翡翠原石的好壞，嘴上也只能是照實說了。

王彪這才露出了明白過來的神情，笑道：「呵呵，小賈，還真沒看出來。你小子，真是敢劍走偏鋒啊。對這樣的翡翠原石，居然這麼有信心？」

說起來，對於眼前這種烏沙原石的瞭解，王彪絕對不會比賈似道來得少。一眼之下，就可以看出其能切出翡翠的機率有多低。

只是，除此之外，王彪倒也不好多說些什麼。尤其看到賈似道所察看的白沙皮原石，是有過作假的痕跡之後，王彪更是淡淡一笑，也不提醒。甚至還頗有些期待著賈似道能選中這塊白沙皮的原石呢。這會兒在他的心裏，能贏下這一局賭注，才是最重要的吧？

不知道是賈似道太過於自信，又或者是王彪的心聲被賈似道給感應到了，想要成全王彪的期望，反正，在王彪看來，就是如此了。到了最後的時候，賈似道二話沒說，立即決定下來，所挑選的毛料，正是眼前的這一塊白沙皮原石，和李詩韻面前的烏沙原石了。

這一黑一白，倒是很好地形成了鮮明的對比，讓人看著，不知道賈似道那淡然的表情之下，究竟是怎麼想的。要說賈似道不知道白沙皮原石作假，王彪可不會相信。在王彪看來，賈似道的實力若僅限於此的話，恐怕家中也不會藏有玻璃種帝王綠這種級別的翡翠了吧？

賭漲一次兩次，可以說是運氣。但是，賈似道還在平洲的時候，愣是從郝董這樣的大行家的眼皮底下，切出一塊春帶彩來，要再說依靠的僅僅是運氣，那大家乾脆都不用憑眼力吃飯了。

請續看《古玩人生》之四　後生可畏

【附錄】

兩岸主要古玩市場・市集地址

台灣古玩市場・市集地址

台北市建國假日玉市：北市仁愛路、濟南路及建國南路高架橋下

台北市光華假日玉市：新生北路與八德路口

台北市三普古董商場：台北市新生南路一段十四號

台北市大都會珠寶古董商場：台北市中山區松江路二九一號地下一樓

新竹市東門市場：新竹市東區中正路一〇六號

台中市立文化中心周遭：英才路、美村路、林森路、公益路、金山路和民生路等地段

台中市第五期重劃區：大隆路、精明一街、精明二街、東興路和大業路等地段

彰化：彰鹿路

高雄市：廣州街、廈門街、七賢三街、中正路、大豐路等

大陸古玩市場．市集地址

北京古玩城：北京市朝陽區東三環南路廿一號

北京潘家園舊貨市場：北京市朝陽區華威里十八號

上海國際收藏品市場：上海市江西中路四五七號

天津古物市場：天津市南開區東馬路水閣大街三十號

天津古玩城：天津市南開區古文化街

重慶市綜合類收藏品市場：重慶市渝中區較場口八二號

廣東省深圳市古玩城：廣東省深圳市樂園路十三號

廣東省深圳華之萃古玩世界：廣東省深圳市紅嶺路荔景大廈

江蘇省南京夫子廟市場：江蘇省南京市夫子廟東市

江蘇省南京金陵收藏品市場：江蘇省南京市清涼山公園

浙江省杭州市民間收藏品交易市場：浙江省杭州市湖墅南路

浙江省紹興市古玩市場：浙江省紹興市紹興府河街四一號

福建省白鷺洲古玩城：福建省廈門市湖濱中路

福建省泉州市塗門街古玩市場：福建省泉州市狀元街、文化街及鐘樓附近

河南省洛陽市西工古玩市場：河南省洛陽市洛陽中州路

河南省洛陽市潞澤文物古玩市場：河南省洛陽市九都東路一三三號

湖北省武昌市古玩城：湖北省武昌市東湖中南路

四川省成都市文物古玩市場：四川省成都市青華路三六號

遼寧省大連市古玩城：遼寧省大連市港灣街一號

遼寧省瀋陽市古玩城：遼寧省瀋陽市瀋陽故宮附近

黑龍江省哈爾濱市馬家街古玩市場：黑龍江省哈爾濱市南崗區馬家街西頭

吉林省長春市吉發古玩城：吉林省長春市清明街七四號

山東省青島市古玩市場：山東省青島市昌樂路

河北省石家莊市古玩城：河北省石家莊市西大街一號

山西省平遙古物市場：山西省平遙縣明清街

山西省太原南宮收藏品市場：山西省太原市迎澤路

陝西省西安市古玩城：陝西省西安市朱雀大街中段二號

安徽省合肥市城隍廟古玩城：安徽省合肥市城隍廟

甘肅省蘭州古玩城：甘肅省蘭州市白塔山公園

雲南省昆明市古玩城：雲南省昆明市桃園街一一九號

江西省南昌市滕王閣古玩市場：江西省南昌市滕王閣

貴州省貴陽市花鳥古玩市場：貴州省貴陽市陽明路

湖南省長沙市博物館古玩一條街：湖南省長沙市清水塘路

古玩人生 之3 瞞天過海

作者：鬼徒
發行人：陳曉林
出版所：風雲時代出版股份有限公司
地址：105台北市民生東路五段178號7樓之3
風雲書網：http://www.eastbooks.com.tw
官方部落格：http://eastbooks.pixnet.net/blog
Facebook：http://www.facebook.com/h7560949
信箱：h7560949@ms15.hinet.net
郵撥帳號：12043291
服務專線：(02)27560949
傳真專線：(02)27653799
執行主編：劉宇青
美術編輯：許惠芳

法律顧問：永然法律事務所 李永然律師
北辰著作權事務所 蕭雄淋律師

版權授權：蔡雷平
初版日期：2016年10月
初版二刷：2016年10月20日
ISBN：978-986-352-367-3

總 經 銷：成信文化事業股份有限公司
地　　址：新北市新店區中正路四維巷二弄2號4樓
電　　話：(02)2219-2080

行政院新聞局局版台業字第3595號 營利事業統一編號22759935

定價：280元　特價：199元

國家圖書館出版品預行編目資料

古玩人生／鬼徒 著. -- 初版-- 臺北市：風雲時代，
2016.08 -- 冊；公分

ISBN 978-986-352-367-3（第3冊；平裝）

857.7　　105012837